闇色の王は白騎士の接吻で目覚める

夢乃咲実
Yumeno Sakurri

contents

イラスト

蓮川 愛

デザイン

コガモデザイン

闇色の王は白騎士の接吻で目覚める

「エルナン」

朝食を取りながら、向かいに座る祖父が言った。

「今日あたり、仔馬《こうま》が生まれる家がいくつかありそうだから、午後は忙しくなるよ」

「はい」

エルナンは頷《うなず》いた。

「そう思って、聖水鉢と真鍮《しんちゅう》のたいまつは用意してあります」

「そうか、助かるよ」

祖父は頷き、また食事に戻る。

エルナンはふと、石造りの二間しかない家で、祖父と二人きりで食卓に向かう日々はこれで何年目になるだろう、と考えた。

七歳のときに戦乱に巻き込まれて両親が亡くなり、エルナンは今年十八歳になったところだから、十一年だ。

その間、長く続いた戦争は二年前に一人の王がようやく終わらせてくれ、暮らしにも日常が戻りつつある。

エルナンが住むこのホスの村は、国境に近く、また優れた馬を産する地であることから、早くから隣国に狙われ何度も敵兵に蹂躙《じゅうりん》された。

村の人々も、もちろんエルナン自身も、思い出したくもない仕打ちに耐えてきた。

それがもう「過去」だと確信できることは、なんとありがたいことだろう。

祖父も、村の呪い師という本来の仕事に戻っている。

エルナンの家は古い神官の家系だ。

古い時代には、神官は何か特別な力を持つ人間であり、神の声を聞き、それを人々に伝える役割を担っていたと聞く。

だが長い年月の間に神と人の距離は遠ざかり、神官の役割も次第に変化した。

それに従い、仕えるべき神殿も消え、神官は「呪い師」と呼ばれるようになった。

今では神の声を聞くのではなく、暦を読んで種まきと収穫の日を助言したり、人や馬が出産したら祝福に行ったり、人々の日常の悩みを聞いたり、争いごとを仲裁するのが仕事だ。

それはこの国じゅうどこでも同じようなものだと聞く。

祖父とエルナンのつましい生活は、そういう仕事に対する人々のささやかな謝礼で成り立っている。

いつかはエルナンも祖父の後を継ぐことになるのだろうが、エルナンにはその実感というか、自信はあまりない。

祖父の手伝いならばできるが、一人で呪い師として生きていく想像がつかない。

自分の容姿に、いわゆる「神官らしい」重みがないことも影響してるだろう。

祖父を見ていると、濃い髪色、ゆたかに蓄えた顎鬚《あごひげ》、肩幅のあるどっしりとした体格や低く確信的な声音などが呪い師の仕事にふさわしいように思える。

しかしエルナン自身は、身長はそこそこあるのだが、ほっそりとして華奢《きゃしゃ》な印象だし、髪の色は淡い金色で、髭もどうやらほとんど生えない体質のようだ。

顔立ちも線が細く、細い鼻筋や、睫毛《まつげ》の長い切れ長の目、中でも煙るような淡い碧色《みどりいろ》の瞳などは「田舎《いなか》の子としてはきれいすぎる」などと言われ、幼いころには女の子に間違えられることも多かった。

成長するにつれ、その顔立ちに意志の強さを秘めた鋭さが加わって女に間違えられることはなくなったものの、その容姿故に、戦争中には——

いけない。思い出したくはない。

エルナンは、閉ざした記憶の蓋が開きかけるのを感じてぶるりと身を震わせた。

あんな時代は終わったのだ……もう決してあんなことはないはずだ。

「どうした」

エルナンの、匙《さじ》を持つ手が止まったのに気付いて祖父が尋ねたとき。

数頭の馬が駆けてくる足音が聞こえ、二人ははっと窓の外に目をやった。

村人の馬ではない——訓練された兵士用の馬だ。

まさかまた敵国の兵が、と腰を浮かせた瞬間、家の前の木立を抜けてきた三人の騎士の姿が見えた。

戦用の装備ではなく、鎧《よろい》は身につけていない、剣だけを腰に帯びた略装を見て少しほっとする。

それでも、この田舎の村に騎士が訪れるなど、普通のことではない。

「なんでしょう」

不安を覚えたエルナンを片手で制し、祖父が立ち上がって扉を開ける。

三人の騎士は、馬から下りると、値踏みするように粗末な家と前庭に作られているささやかな畑を見渡してから、扉に向かって来た。

「ここは、村の呪い師の家で間違いないか」

茶色い頬髭《ほお》を生やした中年の騎士が尋ねる。

「いかにも、私がホスの村の呪い師、エネアでございます」

祖父が穏やかに答える。

「この家に、金色の髪をした若者はいるか」

「……おりますが」

一瞬躊躇《ためら》ってから祖父が答え、エルナンを振り返って頷く。

エルナンは緊張しながらも、なるべく落ち着いて見えるよう、ゆっくりと扉に近寄った。

大丈夫。これは敵国の兵ではなく、この国の騎士だ。

少なくとも、危害を加えに来たのならこんなふうにものを尋ねたりはしないはずだ。

「私にご用でしょうか」

騎士たちは顔を見合わせた。

「まるで女のように細く弱々しいが……これなのか？　これがなんの役に立つと？」

「しかし、国の西北、二つの川の間に挟まれた馬と小麦の村、呪い師の家にいる金色の髪の若者……碧の瞳まで合っている」

騎士たちの言葉を聞いていた祖父がはっとしたように尋ねた。

「それはもしや、神託の言葉ですかな？」

「そうだ」

頬髭の騎士が頷く。

「王の神官が、そのものを王城に召し出せと告げたのだ。これは王命である」

王。

即位してまず戦を終わらせ、この国に平和をもたらした、若き王。

エルナンの脳裏に、さっとその姿が蘇《よみがえ》った。

敵を追い、国境に向けて馬を飛ばしていく騎士と兵の一群。

長い戦争に、馬も兵も疲れ果てているはずなのに、最後の力を振り絞らせているのは先頭に立つ王の姿だった。

鈍色《にびいろ》の鎧に包まれた、すらりとして姿勢のいい、肩幅の広い身体《からだ》つき。

兜《かぶと》は被《かぶ》っておらず、ゆたかな黒髪を背に靡《なび》かせ、その髪の輪郭が日の光を受けて銀色に光り輝いて見えた。

略王冠である銀の輪には青い宝石がひとつ輝き、鼻筋の通った、少し面長の若々しい整った顔は、決意を込めて引き締まり、強い光を放つ黒い瞳はひたと前方を見据え——

その姿を目にした瞬間、エルナンの全身に不思議な震えが走った。

この方は、特別な方だ。

見るものすべてを惹《ひ》きつけ、力を与えてくれる、特別な力を持った方だ。

そう感じたのだ。

隊列はあっという間に街道を走り抜けていったが、王の姿はエルナンにも、他の人々にも、強烈な印象を残した。

そして実際、それは先王の時代からの長い戦争を終わらせた、まさに最後の行軍だったのだ。

それきり、自分のような田舎に住む庶民には二度と直接目にする機会もないと思っていた王が、どういうわけか自分を召し出そうとしている。

「この子に、どういったご用命なのでしょう」

祖父が尋ねたが、騎士たちが首を振る。

「我らにはわからぬ。ただ、条件に合うものを探し出して連れ帰れとの命だ。支度に一刻の時間をやる。急げ」

つまり、今すぐに同行せよということだ。

「じいさま」

エルナンが祖父を見ると、祖父は頷いた。

「王命であれば是非もない。そして、それが神託によるものなら。王のお側《そば》にはまだ、昔の力を持った神官がいると聞いたことがある。だとしたら、これはお前の運命だ」

運命……どういう運命なのかわからない。

「でも今すぐ……じいさまを一人置いていくなんて」

「わしなら大丈夫だ」

祖父は安心させるようにエルナンの肩に手を乗せる。

その手から落ち着きが伝わってくるように感じ、エルナンは深呼吸した。

突然のことに理解は追いつかないが……とにかく、自分を召し出しているのは「あの」王なのだ。

もう一度あの方を見ることができる。

もしかしたらあの方が、エルナンに直接言葉をかけ、何か命じるのかもしれない。

あの方のためだったら、どんな命でも受けたい、という思いが湧き上がってくる。

「急げ」

騎士が促し、エルナンは急いで部屋の中に戻って、少ない着替えなど身の回りのものを布袋にまとめた。

「じいさま……行って参ります」

祖父を見ると、祖父は頷いた。

「心を込めてお仕えするのだ……そして帰れるときに帰っておいで」

いつ戻れるのかもわからないが、遠い先になったとしてもそれも運命なのだろう。

高齢の祖父を一人置いていくのは申し訳ないと思うが、村人たちが支えてくれるだろう。

自分が戻るまで、祖父が元気でいてくれることを祈るしかない。

「身体に気をつけてね」

エルナンは祖父を抱き締め、祖父の手がぽんぽんと自分の背中を叩《たた》くのを感じて涙が溢《あふ》れそうになるのをなんとか堪《こら》えた。


王城は、二重の堀に囲まれた、どっしりとした灰色の建物だった。

いかにも防衛のための城といった趣の、いかつい雰囲気だ。

戦が終わり、まずは人々の生活を立て直してから、この国が平和になった象徴としての開かれた明るい王宮を作るのだ……と耳にした覚えがある。

騎士たちはエルナンに対してどういう態度を取るのか決めかねている様子で、三日の道のりの間、そっけなく横柄な態度ではあったが乱暴な振る舞いはなく、鎧を着た門衛にエルナンを引き渡すとほっとした顔で離れていった。

そのままエルナンは、まず武器を隠し持っていないか点検されてから、王城の奥へと連れて行かれる。

先導者は革鎧を着た兵士から、儀礼的な金属の鎧を着けた騎士となり、それから仕立てのいいチュニックを着た男に引き継がれ、最後に短いマントを羽織った年配の男になる。

その間、誰一人としてエルナンに直接話しかけることはなく、エルナンはただただ従って行くしかなかった。

しかし先導者の服装が身分高い雰囲気になっていくにつれ、自分の粗末な上着と古びたブーツがどんどん場違いに思えてくる。

そしてとうとう、鉄の鋲《びょう》が打たれた巨大な木の扉が目の前に現れた。

両脇に二人の兵が立っていて、両開きの扉を手前に大きく開く。

その奥は天井の高い巨大なホールだった。

先導の男に従っておそるおそる足を踏み入れると、ホールは四隅を太い石の柱で支えられ、天井は複雑なアーチ状で、その天井から外の光が降り注ぐ明るい空間だった。

タイル敷の、辷《すべ》りそうな床。

そして二十人ほどの人々が通路を作るように連なり、その奥に、一段高くなった場所があって、高い背もたれの椅子が置かれ――

そこに、一人の男が腰掛けていた。

あれはおそらく玉座で……つまり、座っているのは王だ。

――いや、本当に王だろうか？

エルナンは一瞬、強い違和感を覚えた。

そこに座っている人は、確かに見覚えのある、鼻筋の通った整った顔立ちの男だ。

黒い髪は真ん中で分けてから頸《くび》の後ろできつくひとつに結ばれ、略王冠である銀の輪の真ん中に、青い宝石が光っている。

銀糸の縫い取りがある灰色のチュニックの高い襟を喉元まできっちりと閉め、両手は肘掛《ひじか》けに置かれ、黒いブーツを履いた長い脚はゆったりと組まれている。

その全身にまとわりついているのは、地模様の入った光沢のある黒いマントだ。

王以外の何ものでもない。

だが――そうだ。

あの、行軍の際に見た、王を包んでいた圧倒的な、輝くような光がないのだとエルナンは気付いた。

貴族的で、美丈夫でもあるが、言ってみれば「それだけ」なのだ。

あれは……あの王を包んでいた光は、戦場に向かう途中の高揚感でもあったのだろうか。

「膝《ひざ》をつけ、御前である」

王の傍らに立っていた、白っぽい服装の男が叱りつけるような声で言い、エルナンははっとして、慌てて床に片膝をついた。

ぴかぴかに磨かれた床のタイルに、不安で心細そうな自分の顔が映っている。

「名は」

王の傍らにいる男が尋ねた。

「ホス村の呪い師エネアの孫、エルナンと申します」

そう答える自分の声が緊張で震えている。

「して、そなたは何者だ」

うさんくさげな問いに、エルナンは戸惑った。

「私は……ただ、お召しを受けて参上しただけの庶民でございます」

居並ぶ人々は顔を見合わせる。

「何か、王に申し上げる特別な言葉を持っているとか、王に差し上げる物を持っているとか、役立てられる力を持っているのではないのか」

エルナンは驚いて首を振った。

「そのようなものは何も……」

「どういうことです」

別な貴族が声を上げる。

「これは本当に、ザナン神官が言っていたものなのですか」

「条件は合っているのだ、方角も、髪や目の色も」

王の傍らにいる男が苦々しげに答えた。

「年老いて引退したいと言うのならばおとなしく退けばいいものを、いったいどういうつもりであんな置き土産の言葉を残したのか」

「筋骨逞《たくま》しい若者であれば護衛の役にも立とうものを、このような弱々しげな若造がなんの役に立つのか」

エルナンは、消え入りたいような思いで俯《うつむ》いていた。

どうやら神官は、神託の言葉だけを残して引退してしまい、ここにいる人々はエルナンがなんのために召し出されたのかわからず、ただただ戸惑いつつ、エルナンをうさんくさげに評している。

ここで役立つことがないのなら、いっそすぐに祖父のもとに返してほしい。

エルナンがそう思ったとき――

「待て」

穏やかな声が、人々を制した。

エルナンははっとして顔を上げた。

その声は、王その人が発したものだった。

穏やかで、静かで、決して威圧的ではないが、それでもその声は「王が発した声」というだけで、人々を瞬時に沈黙させる。

「エルナンと言ったな、年は」

王が尋ねた。

黒い、優しく穏やかな瞳がエルナンを見つめている。

「十八になったところでございます」

エルナンが答えると、王は少し考えるように首を傾《かし》げた。

「神託の意味は、そうすぐにわかるようなものではないのだろう。幸い、礼儀や振る舞い、言葉遣いは心得ている様子。教育はあるのだろうから、まずは私の側仕えとして様子を見ることにしてはどうか」

確かに、読み書きや言葉遣い、礼儀作法などは、祖父が教えてくれた。読み書きはともかく、礼儀作法が村の呪い師の生活で役に立つことがあるのだろうか……と思ったこともあるのだが、王はそこを見抜いてくれたのだ。

「なりません！」

しかし王の傍らの男は、強い口調で言った。

「いきなり王のお側近くなど、どんな危険があるか」

「側に置いてみなくては、危険かどうかすらわからぬだろう……私には、この若者に何かよこしまな意図があるとは全く思えないが」

王の言葉はあくまでも穏やかで優しい。

「しかし、どのような立場で」

王は少し目を細めた。

「小姓というには少し年がいっている。そうだな……近衛《このえ》の白騎士隊の、見習いという立場ではどうか」

それは命令というよりは、決定は側近たちに委ねるという「提案」という口調だったが、それでも王の発する言葉だけに重みがあるのだろう。

「……それでは、王のご意向のままに」

しぶしぶ、という口調で傍らの男が言い、それがその場にいる人々に「決定」という意味で理解されたことが、エルナンにもわかる。

――帰り損ねてしまった。

もしかしたらなんの役に立つのか決めかねて、祖父のもとに返してもらえるのではないかと一瞬期待したのだが、さすがにそうはいかなかった。

だが……

エルナンは、王に興味を覚えていた。

記憶にある、あの輝く光に包まれているような雰囲気はなく、静かで穏やかで、まるで別人のように見える、この王に。

どうしてこんなにも、あの日の王と違って見えるのだろう。

側近くにいれば、またあの光をまとった王を見ることができるのだろうか。

だとしたら……見たい。

それほどに自分にとって、あの日の王は強烈だったのだ、とエルナンは思った。


風呂に入り、与えられた制服を着ると、エルナンはこざっぱりとした騎士見習いの姿になった。

王を守る近衛兵は、騎士の中の精鋭であり「白騎士隊」と呼ばれる。

その名の通り、身につけるものは白が基調だ。

エルナンの細絹の淡い金髪は、頸の後ろで、白い飾り紐《ひも》でひとつに結び、白いシンプルな膝丈のチュニックには、正騎士との差を示すために緑色の縫い取りがほどこされている。

飾り帯も白ではなく緑、そしてそこに白い革鞘《かわさや》に入った剣を吊《つる》すのだが、これも、見習いは長剣ではなく短剣、そして白いズボンを穿《は》いた足元も、ブーツではなくかかとのある短靴だ。

「まあ見られる姿になったな。顔がましなのだけはよかった」

侍従長のネルクラがそっけなく言った。

エルナンを最終的に王の御前に案内した年配の男で、気難しそうに寄せた眉と鷲鼻《わしばな》が特徴的だ。王の身の回りの世話をすることになったエルナンの直接の上長になるらしい。

「ついてこい」

そう言ってエルナンを従え、城内を歩きながら振り返りもせずに説明をする。

エルナンは王の私室を含む一角を職場とすることになる。

朝、日が昇って最初の点鐘が鳴ったら王の寝室をノックし、返事を待って部屋に入るところからはじまり、洗面と着替えの世話をし、朝食を運ぶ。

日中は、王が望む細かい用事をする。

その範囲はこれから決めていくことになる。

「それほどにお前を信用して王に近付けていいものかどうか議論はあったが、王じきじきに決めたことだ、心するがよい」

ネルクラ侍従長はそう言って足を止め、振り向いた。

「姿は見えなくとも、近衛の騎士や衛兵たちの目は常にお前を見ている。万が一にも王に危害を加えるような仕草があれば、ただちに斬られると思え」

「そ、そのようなことは決して！」

エルナンは慌てて答えた。

神託と王命でここに呼ばれたとはいえ、側近たちが自分を信用していないのはわかる。

王を守るためには当然のことだとも思う。

信用してもらうには、真面目《まじめ》に誠実に仕えるしかない。

侍従長はじろりとエルナンを睨《にら》んで、また歩き始めながら続ける。

「王が執務を終えられ、ご自分の居間に戻られたらじきに日が暮れる。お前の仕事はそこまで、日没前の点鐘を聞いたら、たとえ仕事が途中であってもただちに王の前を辞すこと」

エルナンは驚いて尋ねた。

「日没後のお世話はよろしいのですか」

「日没後は、お前は決して王の前に姿をさらしてはならぬ」

侍従長は厳しい声で言った。

就寝前にもいろいろと世話は必要だと思うのだが、夜は夜で違う世話係がいるということだろうか。

自分はその人と、一日を半分に割って仕事を分かち合うのだろうか。

それとも、これもやはり……まだ自分が信用されていないからだろうか。

いろいろ疑問はあるが、とにかく慣れていくしかない。

「ここからが王の私室の区画だ。王は今、執務室から戻られたところだ。今日は、日没前の点鐘まで、短い時間だが、とにかく王の御前に」

侍従長が続ける。

いかつい石造りの城の中で、この一角だけは漆喰《しっくい》で模様を描いた壁や木の柱、そこここに掛けられたタペストリーなどで、少し雰囲気がやわらかく見える。

それでも、一国の王の居住空間としてはむしろ質素で殺風景だ。

この城のどことも同じように鋲が打たれた木の扉を侍従長が軽くノックし「連れて参りました」と声をかけると「入るように」と答えがあった。

王の声だ……さきほど聞いたのと同じ、静かで穏やかな声。

扉を開けて中に入った侍従長にエルナンも続く。

そこは、思ったよりも明るい部屋だった。

木製の窓が開け放たれて光が入り、漆喰の壁は一面だけが赤い布で覆われ、他の二面には飾り棚があり、肖像画もいくつか飾られている。

床には厚手の絨毯《じゅうたん》が敷かれ、室内には赤い布張りの寝椅子や木製のどっしりとした揺り椅子などが配されていたが、王自身は部屋の中央に置かれたテーブルの傍らに立っていた。

さきほどホールで対面したときと同じ服装だが、マントだけはなく、直線的な灰色のチュニックと黒い膝までのブーツが、その長身と肩幅の広さ、胸板の厚さを際立たせている。

「来たか」

王はエルナンを見て頷いた。

「こら、膝をつくのだ」

侍従長がエルナンを見て叱り、慌ててエルナンが膝をつこうとすると、

「ネルクラ、よい」

王が片手で止める仕草をした。

「これから日々私の側にいてもらうのだ、いちいち跪《ひざまず》いていては仕事にならぬ。お前たちと同じでよい」

確かに、侍従長は膝をついてはいない。

身分差による礼儀をひとつ王の判断で省略してくれたのだ、とエルナンにはわかった。

「仕事の内容は説明したのか？」

王の問いに、侍従長が頭を下げる。

「ざっとですが」

「うむ、次第に慣れてくれればいい」

王は頷き、エルナンに向かって言った。

「お前にもいろいろ不安はあろう。仕事はゆっくり覚えよ、初対面で戸惑うのはお互いさまなのだから」

その、王の言葉の優しさにエルナンはほっとした。

王命で祖父の家を離れて以降、騎士たちも側近たちもみな、うさんくさげにエルナンを扱い、優しい言葉をかけてくれる人はいなかった。

だが今、王自身が、エルナンの不安を思いやってくれている。

そして今の王の言葉からは、王自身も神託によって召し出したエルナンとどう距離をとっていいのか戸惑っている、ということがわかる。

それは、王自身も一人の人間なのだと思わせる言葉だった。

「それでは……そうだな」

王は少し考え、侍従長に言った。

「まずは二人にしてみてくれぬか」

「しかし……」

侍従長は躊躇ったが、王は重ねて言った。

「そなたたちが心配するようなことがあったとして、いくら私でも、このように華奢な若者にどうにかされると思うのか？　心配なら腰の短剣はそなたが預かるか？」

穏やかな物言いだが、いくら私でも、という言葉にエルナンはふと引っかかった。

王は兵を率いて先頭で戦った、武勇に優れた方なのに、どこか不自然な言い方だ。

しかし王がそう言うのなら、とエルナンが慌てて腰の短剣を帯ごとはずして侍従長に渡そうとすると、

「……刃の仕上げもしていない、かたちだけの短剣だ、よい」

侍従長はため息をつくようにそう言って、王に向かって言った。

「かしこまりました。外に控えておりますので、何かありましたらすぐお呼びください」

「うむ」

侍従長はエルナンをじろりと睨んでから、片足を引いて頭を下げ、部屋を出て行く。

そしてエルナンは、部屋の中で王と向かい合った。

王はテーブルに片手を置いて立っている。

どうすればいいのだろう、このまま向かい合って立っていてもいいのだろうか、と不安になり、エルナンがみじろぎすると——

「少し緊張するな。これはお互いさまだ」

王が少し苦笑しながら言った。

王も緊張しているのだ。

そしてそれは……エルナンの得体が知れず、危害を加えるかどうか見定めかねて緊張していると いうよりは、初対面の相手と向かい合ってどう距離を取ろうかと考えて緊張しているのだ、とエルナンにはわかった。

人見知りの自分がそうであるように。

まさか王という立場にある人が人見知りをするなどと想像したこともなかったが、王といえども……いかに戦が強かろうと、国ひとつを治めていようと、一人の人間なのだ。

そしてこの王は、エルナンがなんとなく想像していた万能の君主というイメージとは少し違う、内気で繊細な人なのかもしれない。

「まずは……何かお申し付けくだされば」

エルナンはおずおずと言った。

そうすれば自分も行動できる……たとえそれが「壁際に貼り付いて黙っていろ」という命令であろうとも。

「そうか、そうだな」

王が頷く。

「では、あちらの水差しから、飲み物を一杯くれないか」

王の視線の先に、果物が盛られた籠、水差しなどが乗っている小卓がある。

「かしこまりました」

エルナンは小卓に近寄り、どっしりとした水差しの横に伏せられていた大ぶりの足つき杯を返し、水差しの中身を注いだ。

ハーブで香り付けした水のようだ。

真鍮の小さな盆も置かれていたので、その上に杯を乗せ、王のもとへ戻る。

王は立ったまま、エルナンの動きを見ていたようだった。

「あの……よろしければ、どこかにおかけくだされば……」

立ったままの王に杯を差し出すのも躊躇われてエルナンが言うと、王ははっとしたように身じろぎした。

「そうはそうだな、もちろんだ」

そう言って、長椅子の端に腰を下ろすと、エルナンが低い位置に膝をついて差し出した盆から杯を受け取った。

一口飲んでから、はたと気付いたようにエルナンを見る。

「間違った。これはお前にまず毒味してもらわなければいけなかった」

エルナンもはっとした。

それも大事な仕事なのだ。

「失礼いたしました、今さらですが……あの」

王が飲むための杯から自分が飲んでいいのだろうか。

水差しの傍らには、他の杯はなかった。

王が頷く。

「杯のほうに仕掛けがある可能性もあるから、ということのようだ……私は城内でそこまで危険があるとは思っていないのだが」

杯の内側に毒が塗られているかもしれない、ということだ。

毒味は側近が王の安全のために決めたことなのだろう。

つい最近までこの国は他国と戦をしていた、その緊張感が城内に残っているかもしれない。

そしておそらく、水差しが王の部屋に運ばれてくるまでの間にも何段階か毒味されているはずだ、とエルナンは思った。

「失礼いたします」

エルナンが盆を差し出すと王はそこに杯を置き、エルナンは片手でそれを取り上げ、王が口をつけていたのとは反対側に唇をつけた。

ひやりとした感触……そしてハーブの心地いい香り。

少量を口に含み、すぐに飲み込まずに口の中で刺激などを確かめ、それから数度に分けてゆっくりと飲み込む。

王が先に飲んでなんともないのだから当然だが、異常は感じない。

「安全でございます」

飲み口を指で拭って杯を盆に戻すと、エルナンの様子を注意深く見守っていた王が尋ねた。

「毒味の仕方を知っているのだな」

「……はい」

エルナンはわずかに躊躇ってから言った。

「戦の間は……敵兵が井戸に毒を入れる心配もありましたので」

飲み物は一度に飲まず、何か違うものが含まれていないか少しずつ飲んで様子を見る方法は、祖父から教えられたものだ。

王の顔が曇る。

「お前の村は国境近くだったな。いろいろと辛《つら》い目にも遭っただろう。すまなかった」

エルナンは驚いて首を横に振った。

「陛下がそのような……陛下は、戦を終わらせてくださった方です。陛下にはただただ感謝申し上げます」

「……そうか」

王はどこか切なげに目を細め、それから再び杯を手に取ったが、口はつけずに、少し考え込むような目つきになる。

「……神官のザナンは、長らく私の教育係であったものなのだ」

やがて王はゆっくりと言った。

「お前も知っているだろうが、いにしえに比べて神との距離が遠くなった今では、神官といえども神の声を直接聞けるものではない。ザナンもそうだった」

エルナンは無言で王の言葉を聞いていた。

エルナンの祖父もそうだ。神官の家系ではあるが、神は遠ざかり、今はもう神官と呼ばれることすらなく、一介の呪い師として暮らしている。

「そのザナンが、高齢による引退を私に申し出たまさにそのとき、彼に神が降り、特別な言葉を放ったのだ。側近たちの中には年寄りの戯言《たわごと》と受け止めたものもいるが――私はあれを、本物の神託だと思った」

王はじっとエルナンを見つめた。

その漆黒の瞳の中に、何か切なげなものが、陰のようにゆらめいている。

「お前もここに連れてこられたのは不本意ではあろうが、私は、お前が私を救ってくれるものだと信じている」

エルナンは驚いて王を見つめ返した。

自分が――王を、救う？

王は救われたいのだろうか、いったい何から？

戦は終わり、国は平穏を取り戻し、民は王に感謝し前を向いて生きていこうとしている今、王は何から救われたいというのだろう？

だがエルナンは本能的に、それを今尋ねてはいけない、と思った。

王自身、エルナンが知ってもいいことと知るべきでないことの境界線ぎりぎりのところで語ってくれている、と感じたのだ。

「私は無力な一人の民に過ぎません……陛下をお救い申し上げるなどということが、できますかどうか……ですが」

エルナンはゆっくりと考えながら言った。

「陛下のお側で、心を込めてお仕えさせていただくことが、今の私にできることかと思います。それで陛下のお心が少しでもお楽になればと思います」

王は頷いた。

「お前の言葉、嬉《うれ》しく思う。では私たちは仲良くやっていけるだろう」

「仲良く、などと畏れ多い——」

エルナンが言いかけたとき、窓の外から金属的な音が聞こえた。

鐘だ。

ゆっくりと五つ、叩かれる。

と、王がすっと真顔になって立ち上がった。

「日没前の点鐘だ。お前は下がるように」

もう、とエルナンが戸惑っていると、扉がノックされて侍従長が答えを待たずに入ってくる。

「エルナン、時間だ、ただちに退《さ》がるように」

「は、はい……それでは陛下」

「ただちに！」

挨拶《あいさつ》をする間も与えず侍従長が厳しい声を出し、エルナンは慌てて空の盆を小卓に戻し、頭を下げ、あとずさって部屋を出た。

侍従長も続いて出てくると、扉を閉める。

「とりあえずは無難に務めたようだな」

侍従長が感情のこもらない声で言い、エルナンは、会話はすべて聞かれていたのだと気付いた。

それはもちろん……得体の知れないものを王を二人きりにしたのだから、当然のことだ。

「厨房《ちゅうぼう》で食事をしてから宿舎に戻れ、そして明日の朝、また参れ」

侍従長にそう言われ、エルナンは頭を下げた。

「それでは本日は失礼いたします」

そのまま、城内の厨房に向かう。

城内で働く者は、一日二度、それぞれ都合のいい時間に厨房に行けば食事を受け取れることになっている。

食事は質素な黒パンと肉の煮込みだったが、量だけはたっぷりとあった。

食事を済ませてから、さきほど着替えの際に案内された宿舎へと向かう。

王の私室からそれほど遠くない、近衛の白騎士の当直宿舎だ。

普段は八台のベッドが置かれているらしいその部屋の、出入り口に近い場所に臨時のベッドが押し込まれており、そこがエルナンの寝場所となる。

エルナンが部屋に入ると、三人の白騎士がそれぞれ自分のベッドに腰掛けていた。

「見習い殿のお帰りだ」

一人がからかうような口調で言った。

「何かお役に立てたのか？」

「……まだよくわかりません」

エルナンが答えると、騎士たちは顔を見合わせ、笑った。

「は！　自分に何ができたかもわからないらしいぜ」

「子どもの小姓にさせるような仕事も満足にできないってことか」

「制服だけは一人前なのにな」

一人がずかずかと歩いてきて、ベッドに座ったエルナンの前に腕を組んで立つ。

「いいか、そもそもその見習いの制服は、本来ならばお前ごときに許されるものではないのだぞ」

近衛の白騎士というのは、騎士階級の独身の子弟から選ばれている。

騎士階級に生まれ見習いに選ばれた時点で、将来は王の側近となる道を約束されているのだと、この国の身分制度について学ぶ際に祖父が教えてくれた。

だからもちろん、自分のような、彼らにとっては得体の知れない庶民がこの制服を着ていることは許しがたいのだろう。

「下手《へた》に顔が悪くないので、王もこれが似合うと思われたのか」

「は！　女のような弱々しい身体に騎士見習いの服が似合うとはとても思えぬ」

揶揄《やゆ》はエルナンの容姿にも及ぶ。

細面の、睫毛の長い繊細な顔立ちや、決して小柄ではないがほっそりとした身体つきが「女のよう」と言われるのは今にはじまったことではない。

エルナンにできるのは黙って聞き流すことだけだ、と思ったのだが……

「おい、なんとか言え」

膝で膝を小突かれ、エルナンはとうとう仕方なく口を開いた。

「この制服は王ご自身がお許しになったものですから……」

エルナンが勝手に着ているわけではないし、勝手に脱ぐわけにもいかないのだと言いたかったのだが、騎士の瞳に怒りが宿った。

「早くも王の権威を後ろ盾にしたつもりか、田舎の占い師のせがれごときが」

「そうなのか？　俺は馬飼だと聞いたぜ」

奥で様子を見ていたもう一人の騎士がにやにやしてそう言う。

占い師の子ではなく呪い師の孫だと言っても意味はないだろう。

だが、馬飼をばかにした物言いは気に障る。

村人たちが手塩にかけた馬がどれだけ戦に駆り出され、戻らなかったことか。

「……私の村で産している馬に乗って、あなたがたも戦ったのではないのですか」

エルナンが静かに言うと、

「この！」

騎士はエルナンの胸ぐらを摑《つか》んだ。

「いい気になるなよ、ろくに剣も使えない身分で、短剣など身に帯びやがって」

片手でエルナンが帯に差した短剣を強く引っ張って取り上げようとしたので、慌ててエルナンはそれを押さえた。

「こいつ、逆らうか」

騎士がさらに激昂《げっこう》しかけたとき――

「おいおい」

部屋の一番奥で様子を見ていたらしい別の騎士が言った。

「構うな、どうせ一時のことだ。王はいずれ、あれは老いぼれ神官の世迷《よま》い言《ごと》だったとお気付きになる」

「そりゃそうだ。むきになるだけ損だよ」

もう一人が頷く。

「目障りなのはわかるが、放っておけ」

奥にいた騎士が重ねてそう言い、エルナンの胸ぐらを摑んでいた騎士はしぶしぶといった様子で手を離した。

おそらく奥の騎士のほうが年上なのだろう。

「とにかく……いい気になるなよ」

そう吐き捨てて騎士は自分のベッドに戻り、エルナンはほっと息を吐き出した。

歓迎されていない空気は、ホールに居並ぶ人々からも感じていた。

そして、小姓としては年齢がいきすぎているというので仮に白騎士の見習いという身分を与えられたのが、白騎士たちには特に面白くないのだ。

エルナンだって、好き好んでここにいるわけではない。

だが……

すぐにでも逃げ帰りたいというわけでもない、とエルナンは思った。

王にお仕えすることには、きっと何か意味がある。

王は、自分が記憶していた……あの行軍の先頭を駆けていた王の雰囲気とは、ずいぶん違った。

自分が惹かれた、あの光り輝く圧倒的な空気はなかった。

だかそれでも、ごく短時間を一緒に過ごして、やはり特別な人だという感じはした。

穏やかで静かな物腰の奥にあるのは……あれはたぶん、強烈な義務感だ。

王として振る舞い、王としてなすべきことをなす、という。

戦に出ている間の王と、平和になったがまだ問題は山積している国を治める王は、全く同じではいられないのかもしれない。

それでも本当に同じ人なのかという思いは拭えないくらいに違和感は大きいが、エルナンはあの王の側にいてみたい、と思う。

あの方はエルナンが王を救うと言い、そして畏れ多くも、仲良くやっていこうとすら言ってくれた。

自分が必要とされているなら、そしてお役に立てるのなら、とにかく精一杯お仕えしよう……と、エルナンは改めて覚悟を決めている。

だが、それで白騎士たちの態度が許せる、我慢できるというものでもない。

その後も部屋を出入りする白騎士たちに似たような嘲《あざけ》りを受け、ようやく浅い眠りについたと思ったら誰かにベッドを蹴飛ばされて目が覚め、エルナンはとうとう起き上がった。

白騎士たちは起き上がったエルナンには何も反応しないが、空気がなんとなく緊張していて、寝たふりをしているものが何人もいるのだろうとわかる。

ふう、とため息をつき……エルナンはベッドから出ると、そっと部屋を出た。

足音をたてたらまた何か言われそうだと思い、靴は履かずに裸足《はだし》のままだ。

廊下の窓から月明かりが差し込んでいる。

宿舎の一角からは城の中庭に出られるようになっているらしく、エルナンは土の上に足を踏み出した。

ひんやりとした感触が足の裏に伝わる。

月明かりの中に城の鋭角的な輪郭が浮かび上がっている。

そこここに白い花が咲いているのが見え、それが何か道しるべのようにどこかに続いているような気がして、エルナンはなんとなくそれを追った。

城内は意外に複雑な作りだ。

もちろん、この王城は敵からの守りを前提に作られているのだから、無骨で複雑で、そして実用的であるのは当然だ。

だがこのあたりには、夜番の衛兵の姿もないようだ。

中庭を囲む回廊に足を踏み入れると、庭のほうから斜めに差し込む月明かりがさらにエルナンを導いているように見える。

そっと歩を進めると、やがて回廊から離れた狭い廊下に入る。

足元も壁も、すべて古い石造りだ。

そしてその突き当たりに、ひとつの扉があった。

月明かりがぽうっとその扉を照らしている。

エルナンは少し迷ってから扉に掌《てのひら》を押し当てた。

なんだか月に導かれるようにここまで来たものの、自分が足を踏み入れてもいい場所なのかどうかもわからない。

そっと押して、開かなかったら戻ろう。

それくらいの気持ちで押してみると……扉は意外にあっけなく動いた。

少しだけ開けた隙間《すきま》から身体を辷り込ませてみると——

そこは、小さいホールのような空間だった。

高い天井から淡い月明かりがそっと降り、ホールの中は仄明《ほのあか》るい。

そしてここは、ホールではなく礼拝堂のようだ、とエルナンは気付いた。

手前から奥へと、連なるベンチの真ん中に通路があり、奥は祭壇だ。

だが祭壇上やベンチには布が掛けられ、その布の上に埃《ほこり》が積もり、もう長いこと使われていないように思える。

人と神の距離が遠ざかり神官が神の声を聞けなくなってから、国中の教会や礼拝堂はかなり数を減らしたと聞くが、それでもエルナンが育ったホスの村では、教会は人々が折々に祈りを捧げる場所であり、村人が日々交代で手入れをしていたのだ。

しかしこの城ではもう礼拝堂は使われていないのか、それともここは古い礼拝堂で、どこかに新しいものがあるのか。

エルナンはそっとベンチの間の通路に足を踏み入れ――

次の瞬間、ふいに背後から何かがエルナンに覆い被さった。

「――！」

口を塞いだのは誰かの手だ。

そのまま俯《うつぶ》せに床に押し倒される。

こんな城内の奥深くに、賊か……それとも白騎士の誰かにつけられていたのか。

もがくエルナンの背中に、エルナンよりもはるかに体格がいいとわかる男の身体がのしかかり、そして床とエルナンの身体の間に手を潜り込ませてくる。

その手の動きで、エルナンには相手の目的がわかった。

エルナンの身体だ。

欲望かいやがらせかわからないが、エルナンを辱めようとしているのだ。

薄いシャツを着ているだけの胸を掌が這《は》い回る。

口は片手で塞がれたままだ。

首筋にぬるりとしたものが触れ、唇か舌だとわかる。

男の膝が器用に、しかし乱暴に、背後からエルナンの脚を割った。

くそ。

こんなことははじめてではない、しかしだからといって耐えられるとか許せるというものでもない。

エルナンは身を捩《よじ》ろうとしたが、相手はびくともしない。

と、胸をまさぐっていた手が、エルナンの乳首を探り当てた。

ささやかなそこをシャツの上から指で摘《つ》まんで引っ張ったり、押し潰したりする。

かと思うとそこを離れ、また胸全体をまさぐり、そしてからかうように乳首をかすめる。

エルナンは自分の意識が、その手に集中してしまっていることに気付いた。

そんなところを触られて何か感じたことなどこれまでないのに……この手はなんだか……エルナンの全身をざわざわと落ち着かない感じにさせる。

ぬるりと男の舌がエルナンの耳を舐《な》める。

同時に、エルナンの腿《もも》の間に入り込んだ男の膝が背後からエルナンの狭間《はざま》を刺激し、その途端に腰の奥につんと熱いものが走って、エルナンはぎょっとした。

ばかな――！

足をばたつかせた瞬間、口を塞いでいた相手の掌がわずかに離れた。

「離せ！」

エルナンは叫び、そして目の前にある相手の手に思い切り噛《か》みつく。

「こいつ！」

相手が舌打ちをして手を振った隙に、エルナンは素早く身体を返して仰向《あおむ》けになり、臀《しり》で後ずさった。

目の前には、一人の男が膝立ちになっている。

月明かりを背に、輪郭が銀色に光り輝いているように見えるその髪は、艶《つや》やかな漆黒の巻き毛で、ふさふさと波打っている。

そして陰影の濃いその顔立ちは――

エルナンは息を呑《の》んだ。

「へ……いか……？」

王だ、王の顔だ。

鼻筋の通った、男らしく整ったその顔立ちは、王のものだ。

だが。

顔立ちは王とうり二つに見えるが……雰囲気がまるで違う。

その黒い瞳は獲物を狙う獣のように鋭く、金色に光っているように見える。

そう……男の雰囲気全体が、野生の獣のような凄《すご》みをまとっているのだ。

昼間会った王の、穏やかで優しく、少し内気な雰囲気はみじんもない。

顔は同じでも、これは別人だ。

ではいったい、これは誰なのだろう？

呆然《ぼうぜん》としているエルナンの顔を、男もまじまじと見つめている。

「誰だ、お前は」

男は眉を寄せて言った。

その声も……確かに王の声と似ているが、口調はまるで違う。

鋭く、冷たい響きの声。

「白騎士連中が呼んだ男娼《だんしょう》かと思ったが、違うな」

白騎士たちはそんなことをしているのか……という思いがちらりと頭をかすめたが、それよりも目の前の男が何者なのか気になる。

「あなたは……誰です」

エルナンは、自分の声が震えているのを感じながら尋ねた。

言ってから、無意識に目上に対する言葉遣いをしてしまったと気付く。

着ているものは、ごく普通にチュニックの下に着たり寝間着にしたりするような、エルナンが着ているのにも似ている白いゆったりしたシャツで、身分がわかるようなものではない。

しかし男の、何か圧倒的な迫力に気圧《けお》されてしまっているのだ。

「俺か、俺は」

男はにやりと片頰で笑った。

「この城の幽霊だ」

まさか本物の幽霊ではあるまい……背後からエルナンに襲いかかってきた身体は、まぎれもない生身の男だ。

男は膝立ちのまま、ずいと距離を詰めてきた。

その鋭い視線がエルナンの視線を鷲摑《わしづか》みにしているようで、エルナンは動くことができない。

「そそる顔をしているな」

男は低く笑みを含んだ声で言う。

「美形だが、すれていない……男娼ではないとわかるが、かといって全くの素人でもない」

エルナンはぎくりとした。

どうしてそんなことがわかるのだろう。

戦の間はいろいろあった……敵兵になんども蹂躙された地では、エルナンの容姿は女以上に目をつけられ、無事では済まなかった。

命を取られるよりはマシだと、エルナンは「それ」に耐えてきた。

それがこの男にはわかるのだろうか。

男は脅すような、同時にからかうような声音で続ける。

「いずれにせよ、この禁じられた場所に、夜中に忍び込んでくるような怪しいものは、好きにしても構わんだろう」

禁じられた場所……自分は城内の禁域に足を踏み入れてしまったのか。

だが。

「き……禁じられているという場所に……あなたは、なぜ」

「同罪だと言いたいのか？　ここは俺のための場所だから、俺には禁じられていない」

男はあっさりと答え、次の瞬間目にも留まらない速さでエルナンに腕を伸ばしてきた。

「やっ……はな、せっ」

もがいた身体を逞しい片腕で簡単に抱きすくめ、唇を重ねてくる。

肉厚の舌がやすやすとエルナンの唇を割り、食いしばった歯列をなぞって、背筋にぞくりとしたものが走った。

これは……これは、なんだ。

もう片手は再びエルナンの身体をまさぐり始める。

シャツの中に手を入れ、熱い掌で胸から腹へと撫《な》で下ろし、ズボンの上から無造作にエルナンの股間を摑むと、やわやわと揉《も》みしだきはじめる。

しかも、あろうことかエルナンのそこは、男の手の動きに反応しようとしている。

「やっ……っ」

エルナンは思い切り首を振って男の唇から逃れ、渾身《こんしん》の力で男の胸を押しやった。

「――ただ、ではやらせないっ！」

そう叫ぶと、男の手がぴたりと止まる。

「……なんだ？」

エルナンの腰のあたりをまだ片腕で抱き寄せたまま、男は面白そうな表情を浮かべ、エルナンの顔をまじまじと見つめた。

「金を払えばやらせるのか？　ではお前はやはり男娼なのか？」

エルナンは唇を噛んだ。

それを生業《なりわい》にしたことはない、そんなつもりはない。

それでも……

敵兵に最初に乱暴されたときは、あちこち怪我《けが》をさせられ、男たちを受け入れたところも裂傷を負い、そのあとしばらく高熱で寝込んだ。

そしてもちろん心も傷を負い、なけなしのプライドも、ずたずたになった。

だから二度目に襲われたときに、エルナンは意を決して言ったのだ。

「好きにさせてやるが、ただではいやだ」と。

とっさに口走った言葉だったが……不思議なことにそれで相手の反応は変わった。

無理矢理ではなく、金のやりとりがあることでこちらが協力的だと思ったのだろう、少なくとも怪我を負わせられるような乱暴はなくなったのだ。

エルナンも、これは一方的な乱暴ではなく「取引」だと思うことで自分自身をなんとか騙《だま》し、村が完全に敵に征服された数ヶ月間をそうやって耐え、乗り越えたのだ。

そういう——普段は閉ざしている記憶の蓋が開いて、思い出したくもないことが脳裏に溢れる。

唇を噛んで、男の顔をじっと見つめ返していると——

「そんな、今にも舌を噛みそうな顔をして、金をくれればやらせるなどと言われてもな」

男は苦笑すると——

「興がそがれた」

そう言って、エルナンを抱き寄せていた腕を離し、ごろりと仰向けになった。

どういうわけか、エルナンの膝に頭を乗せて。

「ちょっと、あの」

エルナンは戸惑った。

「寝る」

男は片膝を立て、腕組みをした状態で目を閉じる。

まさか本当に、この状態で、眠ってしまうのだろうか。

何者なのかもわからないエルナンの膝に頭を預けた、こんな無防備な状態で。

男がそのまま寝息を立て始め、エルナンは身じろぎするのも躊躇われて男の顔を見下ろした。

これは……やはり王の顔だ。

象牙色の滑らかな肌、秀でた額、高い鼻筋。

わずかに面長で頬から顎にかけての線は鋭角的に整っており、左右対称の眉は直線的でかたちよく、そして口元は品良く引き締まっている。

目を閉じると、その獰猛《どうもう》な瞳が見えなくなって、本当に王にそっくりだと改めて思う。

だが月の光を受けて鈍色に光っているように見える、艶やかな波打つ巻き毛は、王の真《ま》っ直《す》ぐな髪とはやはり違う。

王の髪は光をも吸い込んでしまうような漆黒だったが、この男の黒髪はなんというか、もっと深い——そう、闇そのものの色、という感じがする。

それはエルナンの記憶にある、あの行軍の先頭にいた王の髪から受けた印象に重なるが、この男の雰囲気そのものは、あの日の王とはまるで違う。

あのときの王は、堂々として、凜《りん》とした気品に溢れていた。

この男からは、そういう気高さのようなものは感じない。

野性的な凄みは、あの日の王とは異なるものだ。

いったいどういうことだろう。

男は自分を幽霊だと言い、この古い礼拝堂を、自分のための禁域だと言った。

この男はここで暮らしているのだろうか。

礼拝堂の扉に鍵はかかっていなかったから、閉じ込められているわけではない。

男は本気で寝息を立てているように見えるが……もしエルナンがこの場で危害を加えようとしたら、たちまち目を開けて起き上がり、エルナンを組み伏せそうにも見える。

エルナンはふう、とため息をつき、深い呼吸に上下している男の胸のあたりを見た。

シャツの胸元の結び紐が解けた、しどけない姿。

厚みのあるその胸の上で組まれた手。

指が長く、節がしっかりとした、男らしい大きな手だ。

その瞬間エルナンは、その手が自分に何をしようとしたのかを思い出した。

エルナンの身体をまさぐり、乳首を探り、そして股間を覆って揉みしだき――

エルナンはぶるりと身体を震わせた。

さっきのはなんだったのだろう。

エルナンは危うく、この手に感じかけたのだ。

生きるために敵兵に身を差し出していたときに、無理矢理弄《いじ》られて、身体が自分の意に反した反応をすることはあった。

敵兵は「お前も感じているんだな」などと喜んだものだ。

だがそういうとき、エルナンはいつも、自分の心と身体が完全に別物であるかのように感じていた。

情けない反応をする自分を、どこか遠くで冷めた目で見ているような。

しかしさっきのは……

何か知らない感覚が、背骨を駆け上がったような気がした。

あれはもしかすると……快感の芽のようなものではなかっただろうか。

身体だけでなく、もっとどこか深い部分で感じてしまうような。

ばかな。

何か、相手が王にそっくりだという驚きとか戸惑いとか、いろいろな感情がおかしなふうに作用した、勘違いのようなものに違いない。

エルナンはそう考えて、さきほどの記憶を押しやった。

何気なく礼拝堂の天井を見上げると、月の位置が動いている。

この国のどこにいても……月は同じように自分の仕事をして、季節や時間を知らせてくれる。

祖父も今ごろ、月を見上げているかもしれない。

そしてエルナンのことを考えてくれているかもしれない。

大丈夫……多少いやなことがあったとしても、王は優しい方だった。

ここで、求められる仕事を頑張ろうと思う。

祖父に心の中でそう語りかけながら、エルナンは傍らのベンチの脚に身をもたせかけた。

さすがに、疲れた。

何しろいきなり召し出され、数日間の旅を経て、今日の午後、王城に着いたばかりなのだ。

それから王に拝謁し、役目が決まり、着替え、短時間王の側にいて——ようやく宿舎で休もうと思ったが休めず、彷徨《さまよ》い出てきた。

思った以上に、疲労困憊《ひろうこんぱい》している。

そう自覚した途端に、眠気が襲ってくる。

部屋に戻らないと……しかし、自分の膝を枕にして寝ている、この謎の男の頭を放り出すわけにもいかないような気がする。

ここまで無防備だと、自分を試されているような気さえするのだ。

とりあえず、眠らないように、軽く目だけ閉じて――

そう思って瞼《まぶた》を閉じた瞬間、エルナンはたちまち襲ってきた眠気に飲み込まれていた。


鐘の音が聞こえ、エルナンは目を開けた。

点鐘だ。

寝過ごしただろうか、と思って身体を起こしかけ、はっとした。

知らない場所にいる……いや、ここは礼拝堂だ。

自分は、古い礼拝堂の床に、横向きに身体を丸めて寝ていたようだ。

待て。

この礼拝堂で、眠ってしまう前に……あの、王にそっくりな男に会い、男はエルナンの膝を枕に眠っていたはずなのだが……

いない。

慌ててあたりを見回しても、気配も感じない。

あれは……夢だったのだろうか？

膝にも、あの男の体温は全く残っていない。

狐《きつね》につままれたように感じながら、エルナンは立ち上がった。

礼拝堂の扉を開けて中庭に出る。

外はまだ暗く、今の鐘は夜明け前の点鐘のひとつ前のものだったようだ。

急いで宿舎に戻ると、白騎士たちはさすがに寝静まっていた。

そっと自分のベッドに潜り込むが、もう眠りはやってこない。

何度か寝返りを打っているうちに、とうとう夜明け前の点鐘が鳴り、エルナンは急いで起き上がった。


「おはようございます」

王の寝室に入っていくと、王はすでに目覚めていたらしく、すぐにむくりとベッドの上で身体を起こした。

上半身裸で、戦場で鍛え抜かれた逞しい身体だとわかる。

「おはよう」

エルナンにそう返してくれる顔は、昨日と同じ穏やかなものだ。

——やはり、あの男とは違う。

顔立ちは確かにそっくりだけれど、あの男の鈍色に光って見えた、ふさふさと波打つ黒髪とは違って、王の髪は朝の光さえ吸い込みそうな漆黒で全く癖がないし、あの男の目は金色の物騒な光を放っているように見えたが、王の目は髪と同じように漆黒で静かだ。

それなのにまとっている雰囲気は、あの男は「黒」で、王はむしろ「白」という感じがするのは不思議だ。

あの男はもしかすると、王の兄弟か何かでもあるのだろうか、と思う。

「私の顔に何かついているか」

王がわずかに笑って尋ね、エルナンははっとした。

「い、いいえ、失礼いたしました。お着替えを」

昨日、朝起きてからの一通りのことは侍従長から説明を受けている。

寝台の傍らにある台には、昨夜のうちに誰かの手で王の衣類が着る順番にきちんと重ねられていて、エルナンはそれを一枚ずつ王に渡すのだ。

まずベッドの中の王にシャツを渡す。

エルナンはほとんど無意識に、着やすい向きに広げて両手で渡した。

王はシャツを着て、ベッドから出た。

腿の半ばまであるゆったりとした長いシャツの下に灰色のズボンを穿き、シャツの襟元の紐を結び、膝まである黒いブーツを履く。

ブーツは脚にぴったりと合ったきついものなので、エルナンが跪いて押さえ、そこに王がぐいと脚を差し込む。

続いて洗面に移る。

これも夜の間に誰かがいっぱいにしてあった水瓶《みずがめ》が居間の外の廊下にあり、そこから大きな水差しに水を汲《く》んできてベッドの脇にある陶製の盥《たらい》に移し、清潔な布を絞って王に渡すと、王はそれで顔や首のあたりを拭く。

それから、銀の地模様が入った灰色のチュニックを着て、金糸のボタン紐を留めていく。

すべてを、王は慣れた手つきで自分で行った。

きらびやかな宮殿で生まれ育ったのではなく、早くから父王の命を受けて戦場を駆け巡っていた王のこと、基本的に身の回りのことはすべて自分でできるのだろう。

おそらく王城は今、平時のしきたりを取り戻しているところなのだろうが、王としてはもどかしくないのだろうか。

ベッドから窓際の椅子に王が移り、エルナンはそこで王の髪をくしけずり、頸の後ろで、組紐で縛る。

全く癖のない、真っ直ぐで太い髪だ。

最後に、チェストの重い木の蓋を開け、絹布が被せられていた略王冠を、クッションに乗せて王の前の小卓に運ぶ。

そのままエルナンがクッションから略王冠を取り上げ、王の頭に載せようとすると――

「ああ、それは違うのだ」

一連の支度の間無言だった王が、はじめてエルナンを止めた。

何か、間違ったのだろうか……とエルナンが緊張すると、王は静かに言った。

「略王冠といえども、王の頭にこれを載せるのは特別な資格を持った人間なのだ。お前は手渡してくれるだけでよい」

「し、失礼いたしました！」

エルナンは蒼《あお》くなって頭を下げた。

確かに……王の頭に王冠を載せる……それはまさに「戴冠」であり、自分ごときが行っていいことではない。

大変な失敗をするところだった。

しかし王は、エルナンの手からそっと略王冠を受け取りながら言った。

「知らぬことは覚えればよい、ネルクラもそこまでは説明しなかったのだろう」

咎《とが》めるふうでもなく、機嫌を損ねたふうでもなく、優しい声音だ。

「はじめてにしては、お前は衣類の差し出し方といい、ブーツの支え方といい、私がやりやすいように考えてくれている。助かるよ」

なんという、心の広い方なのだろう。

「お、畏れ多いことでございます……！」

エルナンは声を震わせた。

この王は、あの、行軍の先頭に立っていた凛々《りり》しく雄々しく不思議な光に包まれた、あの王とは確かに別人のように感じるが……

こうやって、日常の世話をする側仕えに対しても決して横柄に傲慢に接することがない、心の広い方なのだ。

平時の王として、これほどお仕えしやすい方はないかもしれない。

だが、だからこそ自分はそれに甘えず、自分を律してきちんとお仕えしなくては、と思う。

「さあ、そろそろ食事かな」

王が自分で無造作に略王冠を嵌《は》めて立ち上がったので、エルナンは居間に通じる扉を王のために開けた。

間を置かず、侍従長が扉をノックし外から開ける。

まるでどこからか、王が寝室から居間に移動したのを見ていたかのようだ。

侍従長の背後に、食事を盆に載せた下働きがおり、エルナンは侍従長の視線でそれを受け取れと言われているのだとわかった。

つまり……下働きは、王がいるときには決して扉の内側には入ってこないのだ。

食事は、パンと茹《ゆ》でた卵、それに野菜のスープだ。

王の食事としてぼんやり想像していたものよりはるかに質素だが、さすがにパンは焼きたての香草入りのものだし、スープも手間をかけて漉《こ》してある透明なもので、量もたっぷりとある。

盆には毒味用の銀の匙が添えられている。

「……お毒味、失礼いたします」

エルナンは侍従長の視線を感じながらスープをひとすくいした。

毒が入っていると銀が変色すると聞いたことがあるが、特に変化はない。

軽く匂いを嗅いでから口に運ぶ。

……おいしい。

毒味であって味見ではないのだが、やはりそう思わずにはいられない。

次に小さなナイフでパンの端を切り取り、これも口に入れる。

香草の香りが食欲をそそる……そして、特におかしな味はせず、体調に変化もない。

「異常ないようでございますな」

侍従長がそう判定し、王は頷いて盆に手を伸ばした。

静かに朝食を取る王に、侍従長が今日の予定を告げる。

前庭で白騎士の閲兵、それから短時間の乗馬。

執務室で大臣たちと会議や決裁など。

居間に戻って昼食後、数十件の陳情に対処。

その後、略式の謁見が二件、正式の謁見が一件。

エルナンはそれを聞きながら、略式の謁見と正式の謁見はどう違うのだろう、昨日の自分は、予定外に差し込まれた略式の謁見だったのだろうか、などと考えていた。

それにしても王の一日は、息つく暇もないのだ。

王自身が身体を動かす時間は朝の乗馬くらいしかなく、あとはずっと執務だ。

平時の王の生活というのはこういうものなのか。

二年前までは戦場を駆け巡っていた方が、窮屈だったり退屈だったりはしないのだろうか、とも思う。

と、王が侍従長を見た。

「エルナンは、どこまで私の側にいればよいのか決まっているのか」

「それは」

侍従長は戸惑ったようにエルナンをちらりと見た。

「王はこれまで決まった側仕えの小姓を置かずにお過ごしでしたから、王ご自身が彼の仕事の範囲をお決めいただくのがよろしいかと」

そう言ってから、思い切ったように付け加える。

「あまり、国事の秘密に関わる場にまで同席させるのはいかがかと思いますが」

信用していないという意味だろうが、それは当然だとエルナン自身も思う。

「そうだな」

王は少し考え、それからエルナンに言った。

「では、昼食で一度居間に戻って少し休憩するから、それまでお前は好きにしているがよい」

「は、ですがあの」

エルナンは戸惑った。

「それではあまりにも、私の仕事の時間が少ないのでは……」

そうでなくても、日没前の点鐘で一日の仕事はおしまいなのだ。

朝の支度と、昼食時の休憩時間だけではやることがなさすぎる。

すると王は食事の手を止め、じっとエルナンを見つめた。

「お前を側仕えにしたのは、お前という存在の意味を知るためだ。お前が真面目に務めようとしてくれているのはわかるし、嬉しいことだが、まずは私にも、お前に何をしてもらうべきかゆっくり考えさせてくれ」

真面目な、諭すような言葉に、エルナンははっとして頭を下げた。

「失礼いたしました」

そうだ……自分は、王城で普通に働いている人々とは違うのだ。

神託によって召し出され、誰にもその意味がわからず、側仕えはあくまでも仮の仕事として配されただけの立場。

与えられた仕事を一生懸命しようと思うあまりに、自分の立場を見失うところだった。

だが王は、苛立《いらだ》つこともなく丁寧にエルナンにそれを説明してくれる。

そういう方なのだ、と改めて思う。

「それでは」

侍従長が傍らから言った。

「私はこれにて一度失礼いたします、お食事がお済みのころにまたお迎えに参ります」

王が頷くと、侍従長はエルナンをじろりと見てから、そのまま無言で居間を出ていく。

お前を信用してはいないからな、という視線だとエルナンにはわかった。

すると王が、エルナンに尋ねた。

「お前の食事はどうなっている？　朝食はまだか？」

「は、日に二度、厨房でいただくことになっております……今日は、まだ」

昨日は早い時間に王の前を辞してすぐに食事をし、それから何も食べていないから、そう言われると空腹を意識してしまう。

「そうか」

王はちょっと考え、それからパンを半分に割ってエルナンに差し出した。

「これを」

「いえ、そんな」

慌てて首を振ったが、

「私には少し多いのだ」

王が重ねてそう言ったので、空腹も手伝ってエルナンはおずおずと手を伸ばし、パンを受け取った。

もぞもぞとパンを食べ、王の視線に甘えて水を飲むと、王が静かに言った。

「明日から、毒味はもっと多めにするがよい」

「は……でもそれは」

毒味を装って、王の食事に、しかも王が食べる前に手をつける、ということになる。

いくらなんでもそれは無礼すぎる、と思ったのだが、王は苦笑して続ける。

「どうせ量は多いし、毒味は形式的なものだから、側仕えの役得というものだ。これは命令と思うがよい」

命令……こんなにもったいなくありがたい命令などないだろう。

「……畏れ多いことですが、仰せのままに」

エルナンが静かに頭を下げると、王はエルナンをじっと見た。

「お前のことを少し聞きたい。よいか」

「は」

王にとっても、意味のわからない神託で選ばれたエルナンのことを、少しでも知りたいと思うのは当然のことだろう。

むしろ昨日の謁見があまりにもあっけなかったのだ、とエルナンは思う。

「家族はいるのか？　両親は……兄弟は？」

王はまず、それを尋ねた。

「両親はもうおりません……兄弟も、もともとおりません、祖父と暮らしておりました」

「両親は、戦でか」

王の問いに黙って頷くと、王は眉を寄せた。

「そうか……辛いことだったな」

たびたび敵に襲われ占領された村であることまではわかっているのだろう。

「お前自身も、さぞかし辛い目にも遭っただろう、よく耐えて生きていてくれた」

ふう、とため息をともに吐き出された言葉に、エルナンの胸がじんと熱くなった。

エルナンの容姿が敵に征服された場所でどれだけ邪魔なものであったか、それは王にも察しがつくのかもしれない。

だが敢《あ》えて、どんな目に遭ったのか詳細は尋ねず、ただ「よく耐えて生きていてくれた」と言ってくれる。

その気遣いがエルナンには嬉しい。

「陛下が、戦を終わらせてくださいました」

エルナンがそう言うと、王は頷いた。

「そして、再びの戦を招いてはならぬ。私の仕事はそれだ」

静かではあるがしっかりした言葉。

それはまさに今のこの方が、戦後の王であり平時の王であることを示している。

行軍の先頭に立っていた王と同じ人とは思えないし、あのときエルナンが感じた、こちらの身を震わせるような輝きもまとってはいないが、それでもこの方はやはり王なのだ、と感じる。

そしてこの王は、自らの楽しみなどは一切求めず、ひたすら国のために尽くしていると思える。

王がふと、気遣わしげな顔になった。

「両親も兄弟もない、という意味では私もお前も同じ境遇だが、お前には祖父がいる。急にこのようなことになって申し訳ないとは思うが、神託の意味がわかり、お前を祖父のもとに戻してやれる時が来ればと思っている」

「ありがたきお言葉」

エルナンは頭を下げながら、王の言葉の最初の部分に引っかかっていた。

王にも、兄弟がいない……ということは、あの礼拝堂の男は、王の兄弟ではないということになる。

そのとき、窓の外から喇叭《らっぱ》の音が聞こえてきた。

「閲兵の時間だな。マントを」

王がすっと立ち上がったので、エルナンは衣類を重ねてある場所から慌てて黒いマントを取り、広げて王に差し出した。


その日、王の執務は多忙で、昼食時に居間に戻ってても急いで食べてからすぐに正装のマントに替え、慌ただしく出て行ってしまったので、エルナンはほとんどすることがなかった。

日没前に王の居間を辞し、そして厨房に食事をもらいに行くと、エルナンの一日はかなり早めに終わってしまう。

宿舎に戻ればまた白騎士たちに何か言われそうな気がして、エルナンは日が落ちた城の中を彷徨い、気が付くと足は、あの礼拝堂のほうに向いていた。

中庭を突っ切って礼拝堂の扉に近付くと――

「誰だ！」

突然エルナンの前に、長槍《ながやり》が突き出された。

はっとして足を止めると、白騎士ではない、城の門の前にいたのと同じような鎧姿の衛兵が二人、礼拝堂の扉の手前にある柱の陰から出てきた。

「何者だ！」

衛兵はそう尋ねてから眉を寄せた。

「その服装は……白騎士見習い、か……？」

「おい、あれじゃないか」

もう一人が同僚に目配せをする。

「新しい、王の側仕え」

「あ」

二人は槍の穂先を下げ、じろじろとエルナンを見た。

「白騎士見習いのくせに小姓の仕事をしてるってやつか」

「どう見ても子どもの仕事をする年じゃない」

城内で、エルナンの存在は噂《うわさ》になってでもいるのだろう。

「誰か偉い方にその顔で取り入って白騎士見習いの身分だけもらって、仕事は楽なのを与えてもらったんじゃないのか」

「いかにも、この顔ならそれもできそうだ……身体のほうも、なんだろう」

衛兵たちは顔を見合わせて意味ありげに笑う。

エルナンは、反論したくなるのをぐっと堪えた。

確かにエルナン自身、十八にもなった大人としては楽な仕事だと感じているが、王自身がお決めになったことだ。

神託で召し出されたエルナンの、あくまでも「仮」の仕事だ。

しかしこの感じだと、彼らは「神託」のことを知らないのだろう。

限られた人々しか知らないことなのだとしたら、エルナンもうかつに口にするべきではない。

「で？」

エルナンが無言でいることに苛立ったように衛兵が尋ねた。

「どこへ行こうとしている？」

「……慣れない城内で迷いました」

エルナンは静かに言った。

「立ち入ってはいけない場所でしたら申し訳ありません」

「それで済むと思っているのか？」

片方の衛兵が槍を構えて凄む。

「お前がよからぬ意図を持って禁域に立ち入ろうとしているのではないと言えるのか？」

「おい、やめておけ」

もう一人が、相棒を小突いた。

「お偉方のお手つきだったら面倒なことになる」

「……まあな」

再び槍の穂先は下がった。

「失礼いたします」

エルナンはその機を捉えてさっと身を翻した。

長居は無用だ。

昨夜……真夜中には、今の場所に衛兵などいなかったが、たまたまのことだったのかもしれない。

うかつに近寄ってはいけない場所なのだ。

あの、王にそっくりな男のことは気になるが、それも自分が軽々に立ち入ってはいけないことなのだろう。

それにしても、とエルナンは衛兵たちの言葉を思い返す。

エルナンはどう見ても、この城内で異質な存在なのだ。

貴族や騎士の子弟ではない、身分などないどこの馬の骨とも知れぬ男が、おそらくそう簡単に得ることができない白騎士見習いの身分で入ってきて、子どもがするような小姓の仕事をしている、と。

そして、なまじ顔立ちが整っているだけに、お偉方の誰かに顔や身体で取り入ったという侮辱的な想像すらされているのだ。

腹立たしいことではあるが、それでも、白騎士や衛兵たちと悶着《もんちゃく》を起こしてはいけない。

自分が、意味があって召し出されてここにいるのだとしたら、問題を起こして王を悩ませるようなことをしてはいけない、とエルナンは唇を嚙んだ。

数日もすると、エルナンは自分が置かれている状況になんとか慣れてきた。

仕事が楽なだけに、とにかく王が私室にいるときには寛《くつろ》いでもらえるように……と工夫もしてみる。

王の視線ひとつで、命じられる前にさっと動き、ハーブ水を差し出すこと。

ブーツを履くときに添える手の力加減。

王の顔に直接光が当たらないように、窓の鎧戸の開き具合をそっと調整すること。

部分的に床に敷かれた敷物の、王が通る場所に寄っている皺《しわ》を、気付き次第直しておくこと。

ちょっとしたことだが、いくらでも工夫のしようはある。

そして嬉しいことに、王はそういう気遣いに気付いたときには、エルナンの目を見て頷いてくれる。

もし日没後、王が寝室で休む時間まで仕事をさせてくれるのなら、もっといろいろできることがあるのにと思うが、そこはエルナンにはわからない理由で、絶対に変えられないようだ。

夜の間は誰がどういうふうに王の世話をしているのだろう、と疑問には思う。

白騎士や衛兵の話をつなぎ合わせた感じでは、エルナン以外に側仕えの小姓がいる気配がないのだ。

ということは、ネルクラ侍従長がすべて自分で行っているのだろうか。

侍従長だって貴族で、「長」というからには部下もいるはずなのにエルナンが知らないのは、知らされていないからなのか。

わからないことはいくら考えてもわからない。

エルナンは、自分にできることをするだけだ。

そしてそれは……白騎士の宿舎でも同じだ。

近衛の白騎士というのは、戦場や儀式で常に王の周囲を囲み従う、名誉ある立場だ。

だが戦は終わり、現在の王は城内での執務に専念していて、狩りなどに出かけることもなく、白騎士は衛兵の仕事を一部分かち合う以外は、閲兵でしか王と接する機会もない。

そういう彼らの鬱憤が、突然現れて側仕えとなっているエルナンに対する風当たりになっているのだろう、とエルナンにも次第にわかってきている。

白騎士たちの規律は乱れ、城内に夜な夜な娼婦《しょうふ》や男娼を招き入れたり、下働きの少年に手を出したりということも珍しくはないようだ。

それも彼らの鬱憤のはけ口なのだろう、とエルナンは見て見ぬふりをしていたのだが。

ある夜、布団を被って横になっていたエルナンのベッドを、三人ほどの白騎士が取り囲んだ。

「おい。起きているのか」

一人がベッドを蹴飛ばし、エルナンはしぶしぶ身体を起こした。

白騎士たちからは酒の臭いがする。

勤務時間以外は禁じられているわけではないようだから、そこは咎め立てするようなことではないのだが……

「は、やっぱり田舎育ちの平民にしてはましな顔だよな」

一人がつくづくとエルナンを見てそう言い、エルナンはいやな予感に襲われた。

こういう目つきや声音は……蓋をしておきたい記憶を蘇らせる。

「お前、俺たちの中にいて、居心地が悪いんだろう？」

もう一人がにやにやしながら言った。

「だったら少しは、居心地がよくなるように考えてやってもいいんだ。たとえば俺たちに、少しばかりいい思いをさせるとか」

何を言っているのか、考えなくてもわかる。

これまでエルナンは、白騎士たちの嫌みやからかいを黙ってやり過ごしていたが、これはさすがにそういうわけにもいかない。

「お断りします」

きっぱりと言うと――

「なんだと、お高くとまりやがって」

一人が鼻を鳴らした。

「どうせ戦の最中は、その顔だの身体だのを使って生き残ったんだろう、もったいぶるな！」

エルナンは一瞬かっとなったが、次の瞬間、心の底が冷え冷えとするのを感じた。

何度も敵に踏みにじられた村で、女たちや、少しばかり見た目のいい少年たちに何が起きたか、彼らは知っているのだ。

その上で、こういうことを言ってくる。

エルナンは白騎士たちを睨み付けた。

「それをご存知ということは、あなたがたも敵国では同じことをしたのですか？」

自分でも驚くほどの冷たく平然とした声が出た。

その声に滲《にじ》む軽蔑を感じ取ったのだろう。

「なんだと！」

一人が激昂し、エルナンの髪をぐいと掴んだ。

そのとき――

「おい！」

周囲で見ていた白騎士の一人が慌てたように言った。

「誰か来た！」

その言葉と同時に、一人の年輩の男が部屋に入ってきた。

灰色の目と髪の、目つきが鋭い瘦《や》せた長身の男だ。

白っぽい、仕立てのよさそうなチュニックを着ている。

「侯爵！」

白騎士たちが慌てたように全員立ち上がり、ぴしりとした姿勢で立つ。

侯爵と呼ばれた男は、じろりと部屋を見回し、その視線がベッドの上に座ったままのエルナンに止まった。

「立て、新入り」

尊大な口調でそう命じられ、エルナンは急いでベッドの脇に立った。

「はい」

「私は白騎士隊長のブラナ侯爵だ」

男は言った。

この宿舎にいる白騎士は、騎士階級の、独身の若い子弟たちから選ばれている。

そしてこの人は、白騎士隊長……つまり彼らを束ねている人で、騎士より上の、侯爵という身分の貴族であるらしい。

そういえば、最初に王に謁見したときに王の傍らにいたのは、この男だったような気がする、とエルナンは思い出した。

「何か騒いでいたようだが、お前が問題を起こしたのか？」

ブラナ侯爵は厳しい口調で尋ねる。

エルナンは唇を噛んだ。

自分のせいではないと言っても、立場上この人には信じてもらえないように思う。

「……私が起こしたのではないと思いますが、私が原因の騒ぎかと思います」

なんとかそう答えると、ブラナ侯爵は表情を変えず、白騎士たちに視線を向けた。

「近頃、お前たちの生活は、少しばかりたるんでいるという気がする。戦が終わり出番は減っても、いつどういうご下命があるかも知れぬ。陛下の名誉ある近衛の白騎士だという自覚は持て。そして、このものはお前たちとは身分も立場も違うのだから、いちいち相手にしないように」

「は」

白騎士たちは頭を下げる。

ブラナ侯爵は頷き、そのままさっと身を翻すと、部屋を出て廊下を去っていく。

「……ふう」

白騎士の一人がため息をついた。

「まさか、隊長どのの抜き打ちの見回りとは」

「ああ、驚いた」

エルナンを囲んでいた白騎士たちも毒気を抜かれたように顔を見合わせる。

「こいつには構うなとの仰せだ」

「相手にするだけの価値もないとな」

ブラナ侯爵の言い方は、確かにそう聞こえた。名誉ある近衛の白騎士たちとは、身分も立場も違う取るに足りないものだ、と。

だがその言葉がエルナンを救ってくれたのも確かだ。

白騎士たちがそれぞれのベッドに戻ったので、エルナンも再び横になり、布団を被った。

しかし、眠れない。

それを言うなら、ここに来て、夜完全に熟睡できたことなど、ない。

唯一の例外があるとすれば……あの礼拝堂で、謎の男に膝枕をしたまま、自分も眠り込んでしまったときだ。

短時間とはいえ、男が起き上がって礼拝堂を去る気配にすら気付かないくらい、ぐっすりと眠ってしまっていたのだ。

直前に襲われかけていながら。

警戒すべき相手と、警戒すべき状況で一緒にいながら。

と、あの男に触られたときの感覚が、突然蘇った。

無理矢理に重ねられた唇の熱さを。

大きな掌が胸をまさぐった、その温度や感触を。

ズボンの布越しに股間を探られ、思いがけず反応しかけたことを。

それを思い出した瞬間、腰の奥にずんと熱いものが走る。

いけない。

エルナンは慌ててもぞもぞと姿勢を変えた。

どうかしている……あんな、戦の最中に散々いやな目に遭ったのと同じことをされかけたのに
……あの男の手を思い出して、こんな。

男の手というものは、我慢しているうちにエルナンの表面を勝手に通り過ぎていくだけのものだったはずなのに、特定の誰かの手の感触をこんなふうに思い出すなんて。

それはたぶん……あの男がよりによって、王その人とそっくりな顔をしているからだ、とエルナンは思う。

もちろん、お仕えしている王その人にも、だが……今エルナンの脳裏に浮かんだ「王の姿」は、あの行軍の先頭にいた、光り輝くような、エルナンに衝撃と感動を与えた、あの姿だ。

エルナンにしてみれば、王自身も、あの男も、あの日に見た王にそっくりな顔をしていて、しかし雰囲気は違う別人、という感じなのだ。

王自身があの日の王と雰囲気が異なる理由はわからないが……

礼拝堂の謎の男の正体については、なんとなく思いついたことがある。

王そっくりなあの男は……やはり、王の兄弟なのではないだろうか。

王自身は、兄弟はいないと言っていた。

そしてそれは、ある意味事実なのだろう。

あの男が「隠された存在」であるとするのなら。

エルナンの村で、以前、双子が生まれたことがある。

元気そうな、そしてそっくりな男の双子だった。

呪い師として祝福に行った祖父にエルナンもついていったのだが、双子の両親は嬉しそうで、得意満面で、そして双子の祖母が言ったのだ。

「この子たちは王家に生まれなくてよかった、王家に生まれた男の双子は、片方を殺すか隠すかしてしまうというから」と。

物騒な言葉に驚いたエルナンは、帰り道で祖父にどういうことなのかを尋ねた。

「後継者の件で混乱が起きるのを避けるためだというよ」

祖父は感心しない、という顔で首を横に振った。

「王家だけではなく、古い貴族もそうらしいが……他にも兄弟がいるようなら双子の片方は殺すし、他にいないのなら万が一のために隠して育てることもある、と聞いた」

エルナンは驚いたが……そのときはまだ、王家や貴族のことなど遠い遠い別世界の話で、身分が違えば怖いこともあるものだ、村の双子は歓迎されるところに生まれてよかったと思い、それきりその話を思い出すこともなかったのだ。

だが今、あらためてその記憶が蘇ってくると、礼拝堂の男はそういう存在なのではないか、という気がしてくる。

禁忌の双子、隠された存在。

そして王に万が一のことがあれば、表に出る存在。

そのときは「実は王に兄弟がいた」と明かされるのだろうか、それともこっそりと入れ替わるのだろうか、それはわからない。

だがあの男がもし王の兄弟なのだとすると、王が健在である限り、あの礼拝堂のあたりの禁域に閉じ込められて一生を終わるのだろうか？

だが幽閉というには自由に出入りしているように見えたし、日陰の身としてひっそりと生きてきたにしては、鍛え抜いたがっしりとした身体つきに思えたが……

そう思った瞬間、エルナンの身体に再び、あの身体に背後から抱き締められたときの感覚が蘇った。

途端に、腰の奥に疼くような感じがあり、下腹も熱くなる。

どうなっているのだ、とエルナンは身を固くした。

――溜《た》まっているのだ。

エルナンも男で、生理的な反応はあって、欲求は決して強いほうではないが、定期的に処理する必要はある。

王城で暮らし始めてからそんな兆しは全くなかったのだが、さすがに健康な身体が「そろそろ」と言っているのかもしれない。

だが、まさかここで……白騎士たちと同室のベッドで、こそこそ処理するわけにもいかない。

彼らはどうやら、街娼を呼んだり下働きの少年を引っ張り込んだりする秘密の場所を持っているようだが、さて、困った。

このまま無理矢理眠ってしまおうかとも思ったのだが、下腹がじわじわと熱重い感じになってきていて、収まりそうにない。

エルナンはそっと起き上がった。

白騎士たちの何人かは起きているのかもしれないが、さきほどブラナ侯爵に「相手にするな」と釘《くぎ》を刺されたのがきいているのだろう、誰も頭を上げてこちらを見る様子もない。

足音をたてないように、また裸足で部屋を忍び出て、エルナンは人気のない城内の通路を歩き出した。

廊下には間を置いて小さな火が点《とも》されていて、薄明るい。

どこかあてがあるわけではない、しかしひんやりとした空気の中をただただ歩き回ればある程度身体が冷えて熱も収まるだろうと思ったのだ。

だが、エルナンが動き回ることを許されている範囲は狭い。

同じところをぐるぐる回っているだけでは……と、引き返したり違う角を曲がったりしているうちに、ふいに正面が開けた。

中庭だ。

この間とは違う場所から中庭に出たようだが……むしろあの礼拝堂には近い場所だ。

そう思った瞬間、エルナンは草の上に足を踏み出していた。

礼拝堂に近付くと——衛兵の姿はなかった。

おそらく、衛兵も真夜中までは配されていないのだ。

ということは——礼拝堂の中に入れるのだろうか。

エルナンは、どうしてか心臓がどきどきと高鳴るのを感じながら、扉に近付き、そっと押した。

——開く。

中に入ると、礼拝堂は静まり返っていた。

この間のような月明かりも差していないが、間を置いてわずかに手燭《てしょく》が置かれているらしく、ベンチや祭壇に掛けられた布がぼんやりと白く光っていて、物のかたちはわかる。

あの男はいないのだろうか。

エルナンは、自分がほっとしているのかがっかりしているのかわからないまま、ベンチの間の通路を進んだ。

と、祭壇の脇に、数人の人影が見えて、エルナンはぎくりとした。

だが次の瞬間、それが前回は気付かなかった等身大の石像だとわかる。

はっきりは見えないが、鎧を着たり、刀や槍を持ったりしていて、鎧の上から重々しいマントをつけているような像もある。

王城内の礼拝堂にこうして置かれているのだから、きっと王家に関わる人々の像なのだろう、と思いながらゆっくりと石像の前を歩いていると――

ふいに、ひとつの石像が動いた。

「あ！」

石像の腕が伸びてきて、エルナンを抱きすくめる。

いや、違う。

次の瞬間、エルナンは気付いていた。

石像の列の端にいたのは――あの男だ……！

顔は見えないが、真横からエルナンを抱きすくめている腕は、身体は、間違いなくあのときの、あの男のものだ――！

闇に溶け込んでいて、まるで気付かなかった。

「……お前か」

男が低い声で……王そっくりの声で、言った。

「懲りずに、また来たか」

エルナンは顔を捩って、男の顔を見ようとしたのだが……次の瞬間、唇が塞がれた。

「……んっ」

もがいた両手首をがっしりと摑まれ、真上から覆い被さるように唇を押し付けられる。

舌で唇を割られ、あっという間に口腔《こうくう》に侵入され、舌を絡められる。

抵抗できない……頭の芯が痺《しび》れるような感じで、抵抗したいという気持ちが湧いてこない。

荒っぽくエルナンの舌を搦《から》め捕《と》り、舌の根がつきんと痛むほどに吸ってから、それをいたわるかのようにエルナンの舌の縁をなぞる優しい動き。

無意識に男の舌の動きを頭の中で追いかけ、腰の奥が熱くなる、
これはなんなのだろう。

さんざん口付けを貪ってから、ふいに男が唇を離した。

「……んっ」

洩《も》れた自分の声の甘さにエルナンがぎくりとすると。

「あれに懲りてもう来ないと思っていたが」

男が笑いを含んだ声で言った。

「俺に襲われる気になったようだな」

違う、と言おうとした瞬間、男の手がエルナンの股間に伸びて、エルナンはぎょっとした。

今の口付けだけで……反応してしまっている。

いや、違う……そもそも、この男の手や身体の感触を思い出して昂《たか》ぶってしまい、部屋を抜け出したのだ。

収まりきっていなかったものが、また呼び覚まされただけのことだ。

いったい自分はどうしてしまったのだろう。

「というよりは、お前が俺を求めに来たのか」

男が、エルナンの額に自分の額をつけた。

その瞳は……暗がりの中で手燭などのかすかな光を受け、黒い瞳に金色の縁取りがあるように見える。

射すくめるような視線は、狼《おおかみ》を思わせる。

エルナンは、自分が彼を求めに来た、という言葉に反論できない。

それどころか、ベッドの中で身体を熱くして、そのままその身体に導かれるようにこの男のもとに来てしまった。

「……だったら金を払う必要はないんだな。互いの求めが一致しているのだから」

男が笑いを含んだ声でそう言って、再び唇を重ねてきた。

それを受け止めながらエルナンは、「互いの求め」という言葉に、身体ではなく胸の奥が不思議な反応をしていることに気付いた。

男もまた……エルナンを求めている。

この間は、エルナンが拒絶したら興ざめしたように眠ってしまったが、今この瞬間、男もまたエルナンを欲している。

何か、胸の奥底から得体の知れないざわつきが湧き上がってくるような、不思議な感覚は……「嬉しい」にどこか似ているのだと気付いたときには、男はエルナンの腰を抱えるようにして、エルナンを床に押し倒していた。

男の手が、エルナンのシャツを捲《まく》り上げ、素肌を撫でる。

大きな、指の長い、節の太い男らしい手。

肉の薄い身体の肋骨を数えるように脇腹を撫で下ろし、掌で腹をぐるりと撫で、そのすぐ下で熱く勃《た》ち上がっているものに一瞬触れそうになってエルナンがびくりとすると、わざとのようにゆっくりと胸へと撫で上げる。

指先が乳首をかすめ、エルナンがまたぴくっと身体を震わせると、今度は直接触れずに周囲を爪の先でぐるりとなぞる。

敏感な場所に触れそうで触れない……それを何度も繰り返されて、どうしてちゃんと触れてくれないのだろうと思ったエルナンは、次の瞬間、自分はそれを「求めて」いるのだと気付いてはっとした。

性器も、乳首も……触れそうで触れない男の手を、求めているのだ。

こんなことは今までなかった……相手ががっつくように手荒に触れてくるのを、ただただ耐えていたことしかなかった。

そう、これは「違う」行為なのだ。

エルナンが我慢し、耐え、やり過ごしてきたことと、今この瞬間起きていることは、似ているけれど全く違う行為なのだ——だって、エルナン自身が求めているのだから。

そう思った瞬間、エルナンは自分の腕を、男の肩に回していた。

厚みのある、逞しい身体が薄いシャツ越しにはっきりとわかる。

肩から脇腹を撫でていた手が、再び乳首の近くをかすめる。

「……っ、ちゃん、とっ」

エルナンは言った。

男が手の動きを止め、エルナンを見つめる。

その瞳は鋭く、同時に面白がるような光を浮かべている。

「ちゃんと？」

エルナンは唇を噛んだ。

男はエルナンを焦《じ》らし、からかっている。

それだけの余裕がある様子なのが憎らしい。

「ちゃんと触って、ちゃんとしてください」

「言ったな」

男は獰猛な笑みを片頬に浮かべ——

次の瞬間、エルナンの胸に顔を伏せ、乳首に唇をつけた。

「……あっ」

甘い痺れが、背骨を駆け上がった。

ぬるりと舌で乳首を含まれ、それから歯で扱《しご》かれる。

わずかな痛みと、それを上回る……いや、それすらも刺激として取り込んで大きくなっていく、これは……快感……！

両方の乳首を指と唇で交互に愛撫され、じりじりと体温が上がり、全身が汗ばんでくるように感じる。

と、男の片手がエルナンの腹を辿り、ズボンの紐を解いて中に入ってきた。

「あ、あっ」

エルナンは身体をすくめた。

とっくに熱くなっている性器を直接握られる。

男の手が、熱い。

「もうすっかりその気ではないか」

男のからかうような声音に、エルナンの全身がかっと熱くなる。

やんわりとした握り方で、ゆるゆると上下し、ときたま先端をくすぐったかと思うと、根元から扱き上げる。

「あ、あ、あ」

予想のつかない動きに、もどかしく腰が揺れる。

その間にも、男はエルナンの胸に顔を伏せ、乳首を交互に愛撫《あいぶ》する。

腰の奥で渦巻いていた熱が、ふいに出口を見つけたのがわかった。

「あ、だめ、あ――っ」

いけない、と思った瞬間には、エルナンは達していた。

がつんと脳天で光が弾《はじ》けるような、痛みにすら似た快感。

「……っ、ふ、んっ……っ」

男は最後まで搾り取るように、さらに数度エルナンを扱いてから、ようやく手を離した。

「溜まっていたのか」

苦笑を含んだ声に、思わず男を睨み付けようとすると――

男はエルナンの視線を正面から受け止めつつ、自分の手をねろっと舐めた。

――手で受け止めた、エルナンが放ったものを。

エルナンは耳まで赤くなった。

それが決して「美味」などではないことは、エルナンだって知っている。

口で受け止めれば即座に吐き出したくなるものだと思っていたのに、男は味わうようにそれを舐め取っている。

「な、にを――」

言いかけたとき、男は不意にエルナンの身体を、片手で軽々と俯せに返した。

膝立ちで這う格好になったエルナンの臀が両手で割られたかと思うと……そこに、ぬるりとした生暖かいものを感じ、エルナンはぎょっとした。

舐められて――いる、そんなところを。

それどころか、男が舐め取った、エルナンが放ったものを、そこに塗り込めているのだ。

「やっ……ま、って、そんなっ……」

思いがけない行為に、エルナンは身体を捩って逃げようとしたが、ズボンが膝のあたりにわだかまっている上に、男の片腕ががっしりと腰に回され、身動きできない。

男の舌が容赦なく、それでいて優しく、エルナンのそこを舐めほぐす。

尖《とが》らせた舌がやすやすとエルナンの中へ入ってくる。

それを脳裏に思い描いた瞬間、エルナンの背骨をぞくぞくっと熱が駆け上がった。

どうしよう、気持ちが――いい。

こんなことは、されたことがない。

手っ取り早く繋《つな》がることだけが目的の敵兵たち相手には、とにかく自分で、なんとか調達した安物の香油をそこに塗るのが精一杯だった。

まさかこんな場所で……こんなふうに、快感を得ることができるなんて。

おかしい。

どうにかなってしまいそうだ。

自分の身体の内側に思いがけない感覚があることに戸惑っていると、ふと、感触が変わった。

指だ……男の指が、エルナンの中に入ってくる。

舌よりも奥へと届く、長い指。

そう思っただけで、ぞくぞくする。

指が増え、濡《ぬ》れた音を立てて抜き差しされるのすら、身体の中で快感に変わる。

だがどこかもどかしい。

何か、こう……もっと……！

指の動きを追うように、腰が勝手に揺れはじめる。

と、じゅぷりと音を立てて指が引き抜かれた。

「あ……っ」

身体の中がうつろになったように感じ、エルナンが首を捩って振り向くと——

男は、エルナンの膝に絡まっていたズボンを引き抜き、膝立ちになった。

自身のシャツを脱ぎ捨て、ズボンの前を寛げる。

そそり立つものがちらりと目に入った、次の瞬間、それが押し当てられた。

熱い。

男の両手がエルナンのそこを両手の親指で押し広げ、ひくつくそこに、熱いものが潜り込んでくる。

「あ、あ」

エルナンはひきつるような呼吸をしながらも、なんとか力を抜こうとした。

自分の身体に負担がかからないように受け入れることは、知っている。

だが今自分が示している反応は……自ら、もっと奥へと彼を誘う動きなのだとエルナンは気付い

た。

どうして――と思う気持ちはたちまち押しやられる。

男がゆっくりと抜き差しをはじめ、張り出した部分が自分の内側を擦《こす》っているのを感じただけで、全身を悦《よろこ》びが駆け抜ける。

力強いが、決して独りよがりではない動き。

エルナンの反応を見ながら、浅いところで行き来し、それから奥へと踏み込んできて深く抜き差しし、快感の源を探り当てて刺激し、焦らすようにまたそこから離れる。

「あ……っ、んっ、ん、……くっ……うっ……っ」

男の動きのままに、まるで奏でられている楽器のように、エルナンは甘い声をあげた。

これは、なんだろう。

男のものは確かにエルナンの身体にとって「異物」なのに、次第に同じ温度になり、エルナンの内壁が男をやわらかく包んで、熱く溶けて一体になっていくような、感覚。

男のものを、エルナンの一部として取り込んでいくかのような。

背後にいる男の姿を脳裏に浮かべるだけで、頭の中にまで熱が溜まっていくようだ。

「……っ、くそ、なんだこれは」

男が低く言った。

その声も熱を帯びて艶《つや》っぽい。

「悪いが、いくぞ」

男はそう言って、エルナンの腰を抱え直した。

同時に、片手がエルナンの前に回る。

握られてはじめて、エルナンは自分のものが再び勃ち上がっていることに気付いた。

男の手が、腰を動かすのに合わせた動きでエルナンのものを扱き始める。

それが、解放に向けてのリズムだとわかり、エルナンの中にもざわざわと熱が渦巻く。

「い……っ、あ、も、もう……っ」

エルナンの唇から悲鳴に似た声が洩れた。

同時に、男の動きが速まり――

奥を深く抉《えぐ》られるのを感じながら、エルナンは弾けた。

一瞬意識が飛びそうになりながらも、自分の中に、男が注ぐ熱いものを感じる。

「……はっ……はぁ……っあっ……」

自分の荒い息が耳に入ってくる。

そして男がゆっくりとエルナンの腰を摑んでいた手を離し、ずるりとエルナンから出ていった。

「んっ……っ」

その感触に唇を嚙んで耐えながら、エルナンは、いつの間にか自分の身体の下に、男のシャツが敷かれていたことに気付いた。

薄い布でも、礼拝堂の床に直接裸身を横たえるよりずっと心地いい。

男も、どさりとエルナンの隣に、仰向けに身体を投げ出した。

その逞しい胸が上下していたのが、次第に静まってくるのを、エルナンはぼんやりと見ていた。

……今のは、なんだったのだろう。

これまで知っていたのとは全く違う行為。

そう思えるのは……男が、自分の快感を求めてエルナンの身体を「使った」のではなくて、エルナンの快感を引き出し、同時に高まっていくことを求めたからだとわかる。

そしてエルナン自身も、それを求めた。

ろくに知らない、謎めいた、名前すら知らない男を相手に。

そうだ、名前、とエルナンははっとした。

「あなたの……名前は……？」

掠《かす》れた声で尋ねると、男はエルナンのほうに顔を向け、あっさりと答えた。

「ルファス」

ルファス。

王は、在位中はただ「王」とだけ呼ばれ、名前で呼ばれることはない。

だが王太子時代には「カルド王子」と呼ばれていて、正式には「カルド三世」であるということはエルナンも知っている。

顔は同じでも、やはり王ではない……あまりにも雰囲気の違う二人のこと、まさか同一人物と思っていたわけではないが、それでも「やはり」と思う。

「俺にだけ尋くのか、お前は？」

男……ルファスが面白そうに尋ね、エルナンは慌てて答えた。

「エルナン……です」

「エルナン。どこの何者だ？」

ルファスがさらに尋ねる。

「ご存知かどうか……西北の国境に近い、ホスの村の、呪い師エネアの孫です」

「ホス、場所はわかる。しかし、呪い師だと？」

ルファスは身体を横向きにし、片腕で頭を支える格好になって、しげしげとエルナンを見た。

その黒い瞳には、まだどこか熱の余韻が残っていておそろしく艶っぽい、とエルナンは思う。

そうだ、この人の雰囲気は「黒」……というより「闇」なのだ、とエルナンは思った。

ただの黒ではない、その中にさまざまな秘密を包み、隠している不思議な闇。

対照的に、王その人は黒髪に黒い目なのに、まとっている雰囲気は隠し立てのない「白」……温かな「昼の光」だ、と思う。

「そんな、身分もないものが、王城のこんな深い場所で何をしている？　下働きという感じでもないが」

エルナンは躊躇った。

あの、謎の神託のことを知っているのは、王の周囲の、ごく一部の人たちだけらしい。

それをエルナンが、この謎の男に勝手に話してもいいものなのだろうか。

しかしルファスの目は、答えるまで待つ、と決然とした意思を見せている。

その視線の強さには逆らえない、とエルナンは思った。

ルファスは王ではないのに……王自身よりもずっと、他人を無条件に従わせる、有無を言わせない雰囲気を持っている。

「……王の側仕えとして召し出されたのです……それで、身分は一応、近衛の白騎士見習いということで……」

それでも神託のことは言わずに、なんとかそれだけ答えると、ルファスの片眉がぴくりと上がった。

「側仕え……だと？」

じっと、エルナンの顔を見つめる。

「小姓というには年がいきすぎている。十七、八というところか。それで無理矢理、白騎士見習いの場所に置いたか」

それは当の白騎士たちにもさんざん嫌みを言われたことだ。

自分が王城の中で、どこにも当てはまらない異質な存在なのだということは、思い知らされている。

「なぜ、そんなことになった」

ルファスの疑問はもっともだ。

そして、彼の強い、どこか凶暴さを秘めた瞳は、ごまかしなど許さない、と言っている。

「……神託で」

エルナンは、どうしようもなく、しぶしぶ言った。

「よくわからない神託で……召し出されたのです」

視線を逸《そ》らそうとしたが、ルファスの視線に捉えられて動かすことができない。

「神託、だと」

ルファスは眉を寄せた。

「神が人から遠ざかって久しいというのに、連中はまだそんなことを」

連中というのは、王の側近たちのことだろうか。

「そんな連中に振り回されて呼びつけられたのだとしたら、お前も気の毒なことだな」

ルファスの口調は、まるで気の毒とは思っていない、皮肉な笑みを含んでいる。

「それとも、そんな僻地《へきち》の村で一生を終えるより、そのほうがましか？」

そう言ってから、ふと何かに気付いたように、エルナンの顔を改めてしげしげと見た。

「……西北の国境。たびたび隣国に占領されたあたりだな。お前、どうやって生き延びたのだ？」

その言葉の裏に「おおよその想像はつくが」という意味を含んでいるのがわかった。

十代前半から半ばの、そこそこに顔立ちが整った、腕力には自信のない少年が生き延びるための選択肢はそうない。

「……敵兵に、身を売って生き延びました」

エルナンは抑えた声で答えた。

「売った、だと？」

ルファスは鼻で笑った。

「自ら進んで身を差し出したのではあるまい——ああ、そういうことか」

突然ルファスは身体をぐるりと返し、エルナンの両脇に腕をついて、真上からエルナンを見下ろした。

エルナンの視界はルファスの波打つゆたかな黒髪で覆われ、暗闇の中にルファスの顔の、金色の光を帯びた瞳だけが、浮かんでいるようだ。

「この間、俺に襲われそうになって、ただではやらせないと言ったのはそういう意味か」

つまりこの男は、要するにエルナンは男娼だと言いたいのか、と唇を噛んだとき。

「それがお前の、誇りか」

ルファスが低く言い、エルナンははっとした。

ルファスの目の金色が、強くなったように見える。

「金を取ることで……これは金のために、自分の意思でやっていることだと思うことで、自分の誇りを守ろうとしたのだな」

この男には……どうしてそれがわかるのだろう。

踏みにじられ、一方的に辱められているのではなく、取引だと思うことで自分を保ち、守ろうとしたことを。

エルナン自身、のちのち自分で自分の気持ちを整理できるようになってはじめて明確に自覚したことだったのに。

「は！」

ルファスは嘲るような声をあげ、再びエルナンの横に、仰向けになった。

「それが、戦場の民か。俺のような、戦を求め血を求める男が、お前のようなものを無数に作り出しているのだろう」

どういう意味だろう。

今のは、自嘲なのだろうか。

そして……ルファスが、戦に泣く民を作り出した、と？

エルナンは、同じように自分の境遇を尋ねたときの王の言葉を思い出した。

王は「よく耐えて生きていてくれた」と……エルナンをいたわるように言ってくれ、そして「再びの戦を招いてはならぬ」と口にしていた。

本当に嬉しくありがたい言葉ではあったが、今にして思うと、王の言葉は戦を率いた人物の言葉というよりは、それをどこかで見つめていた人間の言葉にも聞こえる。

むしろルファスのほうが、当事者としての言葉を口にしている。

まさか、あの戦を率いていた「王」は、ルファスのほうだったのだろうか。

エルナンは思わず、ルファスの横顔をまじまじと見つめた。

——いや、違う。

あの、兵を率いていた王の姿、エルナンが心を奪われた王には、もっとこう……高貴な神々しさ、と言えるものがあった。

ルファスから感じる凶暴さや獰猛さではなく、もっと気高い雄々しさがあった。

それは……王からもルファスからも感じられないものだ。

ということは、王でもルファスでもない「三人目」の王がいて、それが、エルナンが一目見て惹かれたあの王なのだろうか……？

だとしたらその王はどこに行ってしまったのだろう。

わからない。

エルナンが混乱していると……遠くで点鐘が鳴った。

ルファスがむくりと身体を起こし、エルナンを見る。

「神託で召し出されたもの、か」

低く呟《つぶや》く。

「もしかしたらお前は、俺を救うために選ばれたものかもしれないな」

「え」

どういう意味だろう、とエルナンも思わず身体を起こすと――

「さあ、もう戻れ」

ルファスはそう言って、エルナンの身体の下にある自分のシャツを引っ張った。

慌ててエルナンも散らばっていた自分の衣服を探し、引き寄せる。

ルファスはさっさと身支度をすると、

「気が向いたらまた来い」

そう言って、大股で礼拝堂を出て行ってしまった。

気が向いたら……エルナンがまた、彼に抱かれたくなったら……？

そんな衝動がそんなにしょっちゅう起きてたまるものか、と思いつつ、エルナンはふと思った。

そうではなく、ただもう一度会いたくなったら……だとしても、彼は受け入れるのだろうか。

最初のときもルファスは無理強いはしなかった。

いや。

そもそも自分がどうして彼に「ただ会いたい」という気持ちにならなくてはいけないのか。

急いで衣服を身につけながら、エルナンは考え続けていた。

王とルファスは、やはり禁忌の双子なのだろうか。

役割を分かち合っている……戦時の王と平時の王とでもいうような？

だかそれでは、二人のどちらとも印象が違う「あの日の王」の姿が納得できない。

いずれにせよ自分は、何か……王家の秘密、とでもいうようなものに近付いてしまっているのかもしれない、陰謀めいたものに巻き込まれたりしなければいいのだが、と少し怖くなる。

王家で双子が禁忌とされているのは、王位継承の混乱を避けるため。

だとすれば、ルファスの存在は、王位の不安定化の火種だ。

例えばの話だが、誰かが現在の王に不満を抱き、王を入れ替えようとしてルファスを担ぐ、というようなことだってあり得る。

——だめだ。

エルナンは自分の考えにぎょっとした。

エルナンは確かに、ルファスに対して……欲望を覚えた。

それは否定できない。

ルファスの中にある何かに、自分は惹かれかけているのかもしれない。

だがルファスは……「戦を求め血を求める」と言った。

彼が王になれば、この国は再び戦の中に飛び込んでいくかもしれない。

それはだめだ。

そもそもそんな「彼が王になれば」などという仮定そのものが、考えることすら間違っているのだ、とエルナンは思った。


「おはようございます」

王の寝室に入っていきながら、エルナンはなんとなく気後れを感じていた。

何しろ昨夜……王そっくりのルファスと、身体を重ねてしまったのだ。

そう思うとなんだか気恥ずかしいというか、申し訳ないような思いすらある。

王はいつも通りすでに目覚めていて、エルナンが来るのを待っていた様子で、すぐに起き上がった。

「おはよう」

いつもと同じ、穏やかな声。

そしていつもと同じように、上半身は裸だ。

どうしても脳裏に、昨夜のルファスの裸身がちらついてしまい、王とルファスは顔だけでなく身体つき、筋肉の付き方や肌の質感までそっくりなのだ、と思うとまともに王の身体を見ることができない。

それでもなんとかいつもの手順で、王の着替えや洗面を手伝うと――

「今朝はどうした、どこか具合でも悪いのか？」

王が静かに尋ねた。

「あ、いえ」

エルナンは焦った。

様子がおかしいと王に思われてしまった。

きちんと仕事をしなくては。

「いえ、どこもなんともありません、ちょっとぼんやりしてしまいました、申し訳ありません」

エルナンが答えると、王はわずかに目を細め、エルナンを見つめた。

「なんともないのならよいが、慣れぬ城仕えで気苦労もあろう。何か、私にも侍従長にも言いにくいことがあれば……そうだな、白騎士隊長のブラナ侯爵にでも話してみるがよい。あれは私の母方の従兄、信頼できる人間だ」

「は……ありがたき仰せ」

頭を下げつつ、エルナンは、まさに昨夜宿舎を訪れた、ブラナ侯爵を思い浮かべた。

目つきの鋭い、白髪の男。

王の従兄というが、年はかなり上のようだ。

白騎士たちをいさめてくれたのだから公平な人物なのかもしれないが、エルナンに対しても、好感を持っているとは言いがたい雰囲気だった。

それに、自分の現在の戸惑いはルファスに起因するものだから、ブラナ侯爵に言ってどうなるものでもない。

「そのお言葉だけで、背筋が伸びる心地《ここち》がいたします。気を抜かないよう努めます」

エルナンはそう言って王を見つめ返した。

身支度を調えた王は、真っ直ぐな黒髪を頸の後ろで束ね、チュニックを襟元まできっちりと留め、その姿は物静かで禁欲的で、やはりルファスとは全く違う。

ルファスの持つ「闇」の雰囲気とは違い、朝の光がよく似合っている。

裸身に動揺した自分が恥ずかしい。

いつものように過分な量の毒味をし、王の食事を見守っていると、王がふと気付いたように言った。

「そうだ、そろそろお前に教えておいてもよいだろう。その棚の、下から二番目の棚板を引き抜いてみよ」

エルナンは驚き、王が何を言おうとしているのかわからないまま、王に言われたとおり、壁際の棚に近付く。

棚板はすべて固定されていると思っていたのだが、小さな木箱がひとつ載っているだけのその棚は、手前に引くとゆっくりと動いた。

「その箱の蓋を開けてみよ。棚を引き出さねばその蓋は開かぬ」

王の言葉に従い、木箱の蓋を開けると、中には本が一冊入っている。

「開いてみよ」

そう言われて本を開くと、それは本のかたちをした、細工箱だった。

中には、かたちも大きさも違う鍵が数本。

「大きいほうから二番目の鍵を」

王が続け、エルナンがざっと見てその鍵を取り出すと、王は言った。

「今度はそちらの壁の、鹿模様のタペストリーをめくってみよ、鍵穴がある」

確かにそこには鍵穴があり、うっすらとした輪郭で、人一人が通れるだけの隠し扉があるのだとわかる。

「ここは」

エルナンが戸惑って振り向き尋ねると、王は頷いた。

「執務室に通じている隠し通路だ。そろそろお前にも覚えておいてもらってよかろう」

「ですが……ここはどう使えば？」

エルナンが尋ねると、王は立ち上がって歩み寄り、扉を押し開けた。

狭い通路だ。

がたいのいい男が鎧をつけていたら、通るのは困難だろう。

「突き当たりが執務室だ。私が執務室に入る前に、あちらに水と、謁見用のマントを運んで置いてくれると助かる。途中、右手にも扉があって、そちらは西側の通路に直接出られるが、非常用だ。普段は使うことはなかろう」

非常用……たとえば敵が城に攻め入ったりとか、そういう場合を想定しているのだろう。

逆にこの通路を知っていれば、賊を王の私室に招き入れることも可能だ。

王はそんな通路を自分に教えてくれたのだ。

これは信頼だ。

王はここしばらく自分の仕事ぶりを観察し、秘密をひとつ教えても大丈夫だと判断して、ここを教えてくれたのだ。

「……ありがたきことにございます」

思わず声を震わせてそう言うと、王がエルナンの肩に静かに手を置いた。

「お前は、私がここを教えた意味もわかるのだな。お前は賢く、忠実だ。お前には不本意なことではあろうが、お前が側にいてくれて私は嬉しく思っている」

温かく、真実味のある声音。

そう思った瞬間、エルナンの胸が熱くなった。

この方に信頼されることが、こんなにも嬉しい。

そして、肩に置かれた王の手も……ルファスとそっくりな、節の太い、指の長い大きな手だが、エルナンに落ち着きと安心を与えてくれる不思議なぬくもりがある。

この方は……真実の王だ。

戦を収め、二度と起こさない、王だ。

この方に、真を尽くしてお仕えしたい、とエルナンは改めて思った。


王は多忙だ。

王城を出ることはめったになく、ごくたまに野外演習を兼ねた狩りに出ることはあっても、泊まりがけでいなくなることはない。

そして王城にいるときは……執務の時間が長く、食事の際や、居間で寛いでいるときさえ、常に頭の中は国政のことを考えていて、急な面会や面談も決して拒絶しない。

エルナンが執務室に出入りすることを許され、あらかじめ王に指示された時間に冷えた水を運んだり、気温によって、自分の判断で羽織るものを持って行くことに、側近たちは最初は仰天していたが、しぶしぶ黙認するしかない、という雰囲気だ。

そしてその間も王は執務を中断しないので、エルナンは王の執務の様子を垣間見る機会も増えてきた。

戦後の国の立て直しというのは大変な仕事なのだと、エルナンにも次第にわかってくる。

内政で言えば、長年の戦で国庫は空に近い。

国庫を充実させるためには税を取り立てなければならないが、民は疲弊している。

当座は少しでも余裕のある地域からの税を、全く余裕のない地方に回す、というやり方でなんとかまかなっている状態だが、バランスを上手く取らないと不満が出る。

穀物の実り、家畜の繁殖などを、地方官から常に報告を受け、調整していく。

再びの戦を招かないために、外交の努力も必要だ。

貴族たちの中には、国が豊かになるためには近隣の国から土地を奪ったり、上下関係を強いて税を納めさせなくてはどうしようもない、と考えるものもいる。

そのためには「軽い」戦が必要だ、と。

王はそれを否定しつつも、そういう強硬派をなだめなくてはいけない。

足元では、王城が抱えている騎士や衛兵たちの給養、使用人への給金なども、不満の出ないようにしなくてはいけない。

王自身は国と民のために自分を捧げ、驚くほど質素な生活をしているのに、臣民というのは常に誰かが何かしらの不満を抱えているものなのだ。

そのすべてに気を配り頭を使いながら、その合間にエルナンのことも気遣ってくれるのは、大変な恩恵だとわかってくる。

そういうことがわかってきた、ある日。

謁見前、少し早めに王は執務室から戻ってきた。

どさりと長椅子に腰を下ろす王を見て、エルナンは、かなり疲れている様子だと見て取った。顔色がよくない。

「何か、温かいものを申しつけましょうか」

エルナンがそっと尋ねると、王はエルナンを見て微笑《ほほえ》んだ。

「そうだな……お前は、私が何を必要としているのか、わかるのだな」

その笑みにも、力がない。

「だが今は、飲み物よりも……そうだな、お前に愚痴を言ってもいいか」

エルナンははっとした。

王が……側仕えに、愚痴を。

おそらく、国政について日々意見を交わしている側近ではなく……そういう公の政に全く関わっていない自分にだからこそ、吐き捨ててしまいたいのだ。

王も、その背に大きな荷を負った、一人の人間なのだ。

エルナンは王の前に跪き、王を見上げた。

「私でよろしければ……お言葉を伺い、そして忘れてしまいますから」

王が力なく微笑む。

「……時々、疲れてしまうのだ。疲れている時間などないとわかっていても。私に力がないばかりに、物事が進まぬことが、多すぎる」

力がない……王が、そんなことを。

戦を終わらせて平和をもたらした偉大な王なのに。

そして再びの戦を起こすまいと懸命な王なのに。

だがエルナンは本能的に、そういう言葉を今王に言ってはいけない、と思った。

とにかく今は、聞くのだ。


「私には……決断力がないのだよ」

王はため息をつき、どこか遠くを見る目つきになった。


「決断力、果断さ。ある意味での攻撃的な政策を進めるために必要な勘。そういったものがない自分を、時々、おそろしく無力だと思う」

それは、エルナンにとってあまりにも意外すぎる言葉だった。

決断力、果断さ、攻撃的な勘……それらは、戦をする上では必要な能力のはずだ。

そしてこの方は、敵を押し戻し、蹴散らし、無力化させて勝利を手にした王のはずだ。

平和を維持するために必要な力とは、まるで質が違うものなのだろうか。

だがそれでも、王が日々、国のために力を尽くし、私的な生活のすべてを国のために捧げていることは、エルナンにもよくわかっている。

——お疲れなのだ。

ただただ、お疲れなのだ。

戦を終わらせて休む間もなく戦後処理と国の立て直しに、本当に一日たりとも休む間もなく働いているのだから。

エルナンは無意識に、膝の上に置かれていた王の手に、自分の手を伸ばしていた。

その手を、両手でそっと包む。

冷たい……この手を、温めたい。

そう思ってから、許可もなく王の身体に触れるなど許されないことだったのでは、と思ったが
……王は無言で、エルナンに片手を預けている。

この方は、エルナンが見た、あの輝くような光をまとった武人とは違う。

だが、一人の人間としての弱みを持った王の姿は、エルナンの胸を強く打つ。

そのとき……エルナンの胸に、不思議な感情が込みあげてきた。

この方の役に立ちたい。

そしてこの方に……少しでも、笑顔でいてほしい。

ただただ臣下として見上げ、尊敬するだけでなく、何か、優しく包んで安らがせたい、という、これまで誰にも覚えたことがない気持ち。

どこか「いとおしい」という気持ちに似ている。

そのとき——エルナンの中に、王を抱き締めたい、という衝動が湧き上がった。

手を握るだけでは足りない、この腕で王を抱き締めたい——！

エルナンは、そんな衝動を覚えた自分に驚き、かっと耳が熱くなるのがわかった。

なんてことを。

相手は——一国の王だ。

勝手に手を握るだけならまだしも、抱き締めたいなんて……畏れ多いことだ。

こうして手を握っていることが急に不敬なことにすら思えてきて、離したほうがいいのだろうかと思いながらも、離すことができない、離したくない。

こんなことを考えていると知れたら、王はどう思うだろう。

耳の熱さが頬に広がり、そして、掌も熱くなる。

せめてその温度が王の手を温められたらとは思うが、汗でもかいてしまったらそれこそ不快に思われるかもしれない。

どうしていいかわからないまま、顔を伏せ、無言で王の手を握っていると――

「ありがとう」

やがて、王が囁《ささや》くように言った。

「お前の手の温かさには、何か癒やしの力があるようだ」

はっとして顔を上げると、王が静かに微笑んでいる。

その笑みに、エルナンの体温がさらに上がる。

確かに、王の手には温もりが戻り、そして顔色も少しよくなったように見える……少なくとも、不愉快とか、不快とかではなかったのだ。

「お前が、こうして私を癒やしてくれるための存在なのかもしれないいな」

王の言葉に、エルナンの胸はぎゅっと詰まった。

本当にそうだったら嬉しい。

神託の意味がそういう意味だったら……自分は王の側で、王を癒やすためになんだってするだろう。と思う。

この気持ちはなんだろう。

握ったままの手を、離したくない……が、いつまでも握っているわけにもいかない。

と、王のほうからそっと手を引き抜き、そしてエルナンの手を逆に包むように一瞬だけ握り、そして離した。

「さあ、それでは謁見前に何か温かいものをもらおうか」

「はい」

エルナンは立ち上がり、扉を開けて少し離れたところにいる下働きを視線で呼びながら、自分の手に、まだ王の手の感触があるように感じていた。

その感触をとどめるように、そっと手を握ると……自分が王の手を握り、王の手もまた自分の手を握り返してくれたのだと実感し――

突然、心臓がばくんと鳴ったような気がした。

王の手が自分の手を握った、そう思い返しただけで。

握りしめた手が震えてくる。

頬が熱い。

この、胸が熱く、そして息苦しくなるような感覚はなんだろう。

これまで誰にも覚えたことがない。

そしてさきほどの……抱き締めたい、という衝動も。

戦の間の経験から、他人に、特に大人の男には触れるのも触れられるのも苦手だった。

そんな自分が……と考えた瞬間、もう一つの例外が脳裏に浮かんだ。

ルファス。

触れるどころではない行為を、ルファスとしたのだ。

あの衝動はいまだに自分でも理解できない。

しかし、王を抱き締めたいという思いは、あれとは全く違うものだ。

もっと、心の奥底から湧き出す、突発的な衝動とは違う、身体というよりも……自分の心で王を抱き締めたい、という気持ち。

慕わしい人の役に立ちたい、という。

そう思った瞬間、エルナンは理解した。

慕わしい。

それこそが、自分が王に抱いている感情なのだ。

あの、強い光を放っていた王とは違う、しかし国のためにすべてを犠牲にしている、そして優しさや温かさをまとった、同時に弱さも持ち合わせた王という人を、自分は尊敬だけでなく、人としていとおしく慕わしい、と思っているのだ。

そしてその弱みを自分に見せてくれたことが、嬉しい。

だが、それはいずれにせよ、臣下としてあまりにも畏れ多い感情だ。

エルナンはそう思い、自覚した王への想いを、慌てて心の奥底に押し込めた。

王がエルナンに、そんなふうに弱みを見せたのはその一度きりだった。

実のところエルナンは、王ともあろうものが側仕えに弱みを見せた、とあとから疎まれるのではないかと恐れもしたのだが……そんなことは全くなかった。

却《かえ》ってエルナンを見る王の瞳に、親しみや優しさが増したような気がする。

そう意識すると、王の顔を見たり、王に何か手渡したりするたびに、なんだか頬が熱くなるような気がする。

そして、王がまたあんなふうに自分に弱みを見せてくれればなんだってするのに、と思いながら仕えている。

自分の弱さを直視できるのは強い人だ、とエルナンは考えていた。

武人としての強さとは違う、一人の人間としての芯の強さ。

それがなければ、国の立て直しをその肩に担う重圧に耐えきれるはずがない。

そう思うと、ますます王という人の人間としての魅力に惹きつけられていくように思う。

そう——惹きつけられている。

その言葉が、今の自分にいちばんしっくりする言葉だ。

ただただ臣下として尊敬するだけでなく、人としての王に、惹かれている。

それがどういう意味での「惹かれている」なのかわからないままに、王は自分にとって何か特別な人なのではないか、という気がしてくる。

あの、行軍で先頭に立っていた、光り輝く王の姿に強烈に惹きつけられた、あの気持ちとは違うが、似ている。似ているが、違う。

どういうことなのか、自分でもよくわからない。

ただエルナンは日々、とにかくなんとか王の役に立ちたい、王が私室で安らげるようにしたい、という思いが募るばかりだ。

だが——夜になると、全く違う欲求が頭を擡《もた》げてくることに、エルナンは困惑していた。

ルファスだ。

ベッドの中で、一瞬でもあの夜のことを思い出すと、身体の芯が疼《うず》きだす。

一度身体を重ねた記憶は、強烈にエルナンに刻みつけられてしまったかのようだ。

王を尊敬し、心から仕えたいと思う一方で、あの獰猛で野性的な男に、もう一度触れたい、触れられたいと思っている。

性的な欲求は決して強いほうではなかったのに、ただ一度、自分から本能的に望んで抱かれたあの男のことを考えてしまう。

忘れなくては、二度とあんな事態を招かないようにしなくては、と思うのに身体は熱くなり、腰の奥が疼く。

なんとか抑え込んで眠ってしまおうと、さまざまなことを考えても、ただ頭が冴《さ》えるいっぽうでベッドに横たわっていることが難しくなり、そんなときはそっとベッドを抜け出して、夜の王城を歩き回る。

何度か、耐えられなくなって礼拝堂の前まで行って戻ることを繰り返しながら、それでもエルナンは必死に自分を抑えていた。


ある日エルナンは、秘密の通路を通って王に水を届けに行き、また通路を通って戻る途中、ふと足を止めた。

秘密の通路から廊下に出られると教えられた扉の前を通りかかると、何か声のようなものが聞こえたのだ。

低い、男の声。

誰かが廊下を歩きながら話しているのだろうと思い、歩き去ろうとしたのだが――

「だが、王はあのとおり健康体だ」

その言葉に、ふとエルナンは足を止めた。

なんというのか、まるで王が健康体であってはいけないかのような含みを感じたのだ。

「全く、鍛錬してもしなくてもあの頑丈さよ」

もう一人、別の男の声。

皮肉を含んだその声音は……聞き覚えがあるような気がするが……誰だっただろう。

「剣を持って側に寄れるのだろう？」

「うむ。だが下手人が即座に特定されるようなやり方では」

「できれば不慮の事故」

「しかし、あの用心深さではなかなか難しい」

エルナンは、すうっと指先が冷たくなるような感覚を覚えていた。

これは——これは、何かの陰謀だ。

彼らは「王の暗殺」について話しているのだ。

この王城の中で、そんな陰謀があるのだ。

いったい誰が？

片方は聞き覚えがある声のように思うのだが、誰だっただろう。

侍従長ではない、それだけはわかるのだが……執務室で時折声を聞く、大臣や役人の誰かだろうか。

知りたい。

知って、王に用心すべき相手だと知らせなくては。

なんとかして、誰であるかを知るためには……顔を見なくては。

エルナンは、手が震えるのをなんとか堪え、扉の内側の閂《かんぬき》を開けた。

偶然のようにここを開け、相手の顔を見て、何も聞かなかったような顔をしてただ頭を下げる。

できるだろうか。

いや、やらなくては。

エルナンはごくりと唾を飲み込み……思い切って、扉を開けた。

しかし——そこには、誰もいなかった。

エルナンは驚いて左右を見回した。

廊下は左右に真っ直ぐに続いていて、とっさに隠れるような場所もない。

どういうことだろう。

エルナンはもう一度秘密の通路に戻り、扉を閉めた。

「——ということか」

再び、声が聞こえる。

ということはこれは、外の廊下ではなく、どこか別の場所の声が、何かを伝って、たまたまこの場所で聞こえる、ということなのだろうか。

「もう一人のほうがまし、だな」

もう一人、という言葉にエルナンがぎょっとしたとき。

「誰か来る」

一人が言い、そして……声が聞こえなくなった。

エルナンは足が震えるのを覚え、思わずその場にしゃがみこんだ。

もう一人のほうがまし。

もう一人。

それは、ルファスのことではないのだろうか。

もしかすると、王とルファスを入れ替えようとしているものたちがいるのだろうか。

王自身が悩んでいるように、果断さに欠けるということを物足りなく思っている側近がいることは、エルナンもなんとなく気付いている。

攻撃的な決断力、という意味でなら……今の王よりも、ルファスのほうがあるのかもしれない。

だが、だめだ。

なぜならルファスは……「戦の王」になるだろうから。

確かにルファスのほうが、人を惹きつける力を持っているように思う。

げんにエルナン自身、王に惹かれていながら、ルファスのことを意識している。

正確には、心で王を尊敬し慕っていながら、身体がルファスを忘れられない……という我ながら呆《あき》れた状態ではあるのだが。

しかし、戦を好む王を、今、この国の王に据えてはいけない。

国を豊かにするために今一度戦を、などと考えている強硬派に力を与えてはいけない。

王は現在の王であるカルド三世だ。

カルドという名は、建国の王であるカルド聖王にちなんでいると聞いた。

その名を名乗る正当な王の首を家臣が勝手にすげ替えるなど、許されるはずがない。

陰謀があるとするなら、誰かに訴えなくては——と思うが、誰を信用できるのだろう。

そもそもエルナン自身が、うさんくさい存在と思われているのだ。

そんな自分の言葉を誰が信じるだろう。

かといって……こんなに曖昧な、確証もない陰謀の存在を王に告げて、自分の一存でそうでなくても多忙な王にこれ以上の悩みを背負わせることは許されるのだろうか。

エルナンは思い悩み……

そして、ひとつの結論に達した。

もっと何か、情報を摑むべきだ。

せめて陰謀に加担しているものが、または信頼できると信じられる相手が、一人でもいいからわかるまで。

そしてそれまでは自分にできることで王を守るのだ。

今自分にできることはそれしかない、とエルナンは思った。


それからエルナンは、これまでよりも念入りに、王の身の回りの安全を確かめるようになった。

毒味も、もっと念入りにする。

あまり食べ過ぎて王自身に不審に思われないように、しかしすべての料理に、わずかずつでも口をつける。

王が好むハーブ水も、朝一度毒味をしたら、エルナン自身が部屋を空けない限りはそれきりだったのだが、王が水を飲む前には必ず確認することにした。

王の衣類も、朝の着替えで手渡す前に、できる限り手早く、しかし丁寧に、おかしな点がないかどうか確かめる。

秘密の通路の、例の扉の前でも何度か耳を澄ましてみたが、あれから声は聞こえない。

王の食事や衣類にも変わった点はなく、危険が来るとしたら、エルナンにはどうしようもない違う方角から来るのかもしれない、と思い始めていたのだが……

ある朝、エルナンは王のチュニックに、何かきらりと光るものがついているのに気付いた。

王のチュニックは、ほとんどが灰色か黒の一見地味なものだが、それでも金糸や銀糸の縫い取りがついている。

縫い取りがない部分に、その糸の切れ端でもついているのだろうかと思い、指で触れてみると……それは何か、小さく細く、固いものだった。

次の瞬間、エルナンはぎくりとした。

針だ。

小さな縫い針が、王のチュニックに刺さっているのだ。

「どうした」

王がいつものように静かに尋ね、エルナンはとっさにその針を抜き取り、指に刺さないように気をつけながら自分のチュニックのポケットの内側に刺した。

「失礼いたしました、何かゴミがついているように見えたのですが……気のせいだったようです」

エルナンがそう言ってチュニックを差し出すと、王は一瞬エルナンをじっと見たが、

「……そうか」

そう言って、チュニックに腕を通す。

王の支度と朝食が済み、王が近衛の白騎士の閲兵に行くと、その間ずっと緊張していたエルナンは、どっと冷や汗が出るのを感じた。

ポケットから慎重に針を取り出す。

細い糸で細かな刺繡《ししゅう》をするための、小さな針だ。

袖口のあたりに刺さっていたので、気付かなければ王が腕を通す際に手の甲あたりをかすめたかもしれない。

これに……先端にたとえば、毒でも塗ってあったら……？

しかしそれを確かめる方法が、今は思いつかない。

王の衣服は、毎日きちんと点検され、わずかなほつれもないように、縫殿《ぬいどの》で補修されている。

もしこれが……縫殿で働く係の些細な落ち度だったら……それをあまり大げさに言い立てて、誰かが責任を負って罰せられるようなことになったら、とも思う。

誰か、信頼できると思える人を見つけて、渡さなくては。

とりあえずエルナンは、その針を慎重に自分のハンカチに包み、その日宿舎に帰ると、枕の下に押し込んだ。

その、翌日。

王が居間で寛いでいる時間に、ネルクラ侍従長がやってきた。

何か、謁見に際して留意しておくことを告げに来たらしく、それ自体は珍しいことではない。

侍従長と話しながら、王がちらりと水差しのほうを見たので、心得たエルナンは水差しから杯に水を注いだ。

しかしこの水は、さきほど新たに瓶から移し替えたものでまだ毒味をしていない。

「失礼いたします」

エルナンはそう言って口元を手で覆いながら、王が口をつけない部分にそっと唇をつけた。

ほんの一口、口に含み……味に異変がないことを確かめて飲み込む。

大丈夫だ、と思い王に杯を差し出し、王はそれを受け取ったが、侍従長が何か書面を差し出したので、杯に口はつけずに手に持ったまま、それを覗《のぞ》き込む。

説明に納得がいったのか、王が侍従長に頷き、杯を口元に運びかけたとき――

「う」

エルナンの口から、自分でも思いがけない声が出た。

突然、胸のあたりに灼《や》けるような感覚が生まれたのだ。

次の瞬間、無数の針が内側からエルナンの食道を刺しているような痛みが走る。

「陛下……いけませ……っ」

咳《せ》き込《こ》みながらエルナンは、思わず床に膝をついた。

「毒だ！」

侍従長が叫び、王の手から杯を叩き落とす。

「誰か！　衛兵！」

侍従長の声に、扉がばたんと開いて廊下から誰かが駆け込んできた気配がするが、エルナンは周囲を見る余裕もなく、身体を丸めた。

——吐きたい。

だが、ここは王の居室……まさか床の敷物の上に吐くわけには、などとかすかに思っているうちに、脂汗が出てきて我慢できなくなる。

「ここに」

誰かが何か洗面鉢のようなものを差し出してくれたのがわかって、エルナンは込みあげてきたものをその中に吐き出し——

そして、頭の中に薄もやがかかったような状態のまま、両側から誰かに抱えられ、その場から運び出されるのを感じていた。


数時間後、エルナンはベッドの上にいた。

白騎士の宿舎ではない、城内のどこか知らない部屋だ。

どうやらしばらく気絶していたのか眠っていたのか、目を開けると、吐き気は収まっている。

だが胸のあたりにちくちくした痛みは残っているし、布団の中で両手を数度握ってみたが、指先にわずかに痺《しび》れがあるような気がする。

他に麻痺《まひ》している場所などはないが、含んだ毒が少量だからだったのだろうか。

それでもあれは、間違いなく毒だった。

誰かが王を狙い、暗殺を企《たくら》んだのだ。

侍従長が杯を叩《たた》き落としたのは覚えているが、王はその前に少しでも口をつけたりしなかっただろうか。

と、エルナンを誰かが覗《のぞ》き込んだ。

「目が覚めたようだ」

見たことのない、灰色の髭《ひげ》の男……赤茶色のチュニックは、医師だろうか。

「……王、は」

王の無事を尋ねようとした声が、ひどくしゃがれている。

「口を開けてごらん」

エルナンが言われるままに口を開けると、医師は中を覗き込んだ。

「ふむ、喉が腫れている……まず間違いございませんな」

それは、背後にいる誰かに言われた言葉らしく、エルナンが視線を向けると、そこには王の執務室で何度か見かけたことのある貴族がいた。

だが頭にかすかにもやがかかったようで、名前を思い出せない。

「やはり、か。遅効性の毒」

「は、そして毒味程度の量なら、致死量ではございません」

「……ほう」

貴族が眉を寄せてエルナンをじっと見る。

心配とか、ほっとしたとか、そういうものとは違う……何か不穏な雰囲気がその瞳の中にある。

なんだろう。

と、部屋の扉が開く音がした。

医師や貴族と同時にエルナンもそちらに顔を向けると——

王が、部屋に入ってきた。

部屋はかなり広いのだろう、その背後にネルクラ侍従長や、白騎士隊長のブラナ侯爵、他にも見覚えのある高官が数人いる。

王は、無事だったのだ……とエルナンはほっとした。

その王がつかつかとエルナンのベッドに近寄ってくるのを、医師と一緒にいた貴族が止めた。

「陛下、これ以上は」

「近寄っただけでも危険なのか」

王が眉を寄せると、貴族が首を振る。

「そうではありませんが……不審な点がございます」

「不審とはなんだ、ミエーラ」

そう、この貴族の名は、ミエーラ伯だった……とエルナンは思い出す。

「水差しの中のものも確認させたところ、これはどうやらベラの毒のようです。王はご存知でしょうか」

「ベラの毒？」

王が眉を寄せると、ミエーラ伯が医師を見、そして医師が頷《うなず》く。

「この毒は、同席者を油断させることができる毒。症状が現れるのにわずかに時間がかかります。同席者と同じ容器から注がれたり、もしくは同じ器で飲むなどして、相手を油断させるのでございます。暗殺者が先に口をつけ、なんともないことを確かめて狙われた側も飲みますし……少ししてから、先に飲んだものに症状が現れ、わずかに時間を置いて、狙われた側にも症状が出ます」

「……つまり？」

王が眉を寄せる。

「つまり……このものが先に毒味をし、異常がないと確認して、続けて陛下が多めの量を摂取なさると……二人とも症状は出ますが、少量を口に含んだだけのこのものは助かり、陛下のお命は……ということになっていたかもしれませぬ」

「なんだと」

王が険しい声を出した。

「それでは、エルナンが私を狙ったとでもいうのか」

王がミエーラ伯を見ると、伯は頷いた。

「さよう、何しろこのものが服用した量は、多すぎず少なすぎず、あまりにも絶妙でございますゆえ」

エルナンは愕然《がくぜん》とした。

自分が疑われている……のか。

毒味役として口に含んだ量が、症状は出るが自分の命だけは助かる、「絶妙な量」だった、と。

そしてあのとき、王が侍従長の話に気を取られず、エルナンが渡してすぐに杯をあおっていたら
……今ごろ王の命はなかった、ということなのだろうか。

「ちが――」

エルナンが声をあげようとしたとき、

「危急！」

誰かが叫びながら部屋に駆け込んできた。

同じ宿舎で寝起きしている、白騎士の一人だ。

「ご無礼つかまつる、急ぎお知らせしたきことが！」

「なんだ」

王が厳しい声で尋ねると、白騎士は王の前に跪き、何か白い布を差しだした。

「これが、エルナンのベッドの、枕の下に」

エルナンははっとした。

あれは自分のハンカチだ……そして、あの中には。

「中に、針が包まれておりました」

白騎士が続け、その場にいた貴族たちの顔色が変わった。

「毒針か！」

「失礼」

医師が進み出て、ハンカチを受け取り、包まれていた針を見る。

「小さなものですが……これは」

薬瓶が並んだ棚から急いで茶色い小瓶を取り出し、その中身を浅い皿にあけ、針をひたすと——

「色が変わった！」

覗き込んでいた貴族たちが声をあげる。

「これも、また別の種類の、毒でございますな」

医師が重々しく告げた。

ではあれは、やはり縫殿《ぬいどの》の係の不始末などではなく、王を狙った毒だったのだ——とエルナンが思ったとき。

「この——暗殺者め！」

突然、ハンカチを持ってきた白騎士が剣を抜いてエルナンに向かって振りかざした。

ベッドに横たわっていたエルナンが、とっさに身動きできずにいると、

「待て！」

王が鋭く叫んで、剣とエルナンの間に飛び込んだ。

人々がはっと息を呑《の》む。

そして……

剣は、王の袖のあたりをかすめていた。

「へ、陛下……っ」

真っ青になった白騎士を、ブラナ侯爵が羽交い締めにする。

「落ち着け、静まるのだ……気持ちはわかるが」

ブラナ侯爵はそう言って、白騎士を押さえつけながらエルナンを睨《にら》む。

「陛下、お怪我《けが》は」

「大事ない」

王は落ち着いた声で言ったが、チュニックの肘《ひじ》の下あたりが切り裂かれ、そこから血が滲《にじ》み出している。

「こちらでお手当を」

医師が慌てて隣室の方向を示し、王はたちまち側近に取り囲まれたが、その中からエルナンを振り向いた。

「エルナンが下手人とはまだ決まったわけではない、手荒に扱うな！」

「心得ました、とにかくお手当を！」

そのまま王は押し流されるように隣室へと消えていく。

残されたのは、ブラナ侯爵とミエーラ伯爵。

そして、数人の衛兵。

「王に怪我を負わせた、このものは謹慎処分を」

ブラナ侯爵が言い、うなだれた白騎士は衛兵に連れ出される。

そしてブラナ侯爵は、残った衛兵に言った。

「そして、この憎むべき暗殺者は、牢《ろう》へ」

「ちが……違います……！」

エルナンはしゃがれた声で必死にそう叫んだが、衛兵たちは有無を言わさずエルナンの腕を掴《つか》んでベッドから引きずりだし、そのままエルナンは城内を連行されていった。


連れて行かれたのは、城の地下牢だった。

王の私室周辺しか知らなかったエルナンは、城内にこんな場所があることすら知らなかった。

日の光は全く届かず、たいまつの明かりだけが頼りの湿った暗い階段を降り、岩を穿《うが》って鉄格子をつけたような牢に放り込まれる。

じめじめした土の床の隅に、かろうじて少し乾いた場所を見つけ、エルナンはそこにしゃがみこんだ。

なんということになってしまったのだろう。

王の命を守ろうとしていたのに……自分が暗殺者だと疑われるなんて。

あげくのはてに、こんな自分を庇《かば》って、王の腕に怪我を負わせてしまった。

王が自分を庇ってくれたことは、涙が出るほどに嬉《うれ》しい。

それほどに公平で素晴らしい人なのだと改めて思うが——それでも自分は、王を守ることができなかった。王が毒を飲まずに済んだのは単なる幸運だ。

だが、自分は断じて暗殺者などではない。

それはエルナン自身が一番よく知っている。

そしてそれはつまり……まだ、暗殺者が疑われることなく野放しになっている、ということだ。

王の安全は確保されていないのだ。

やはり陰謀は存在して……誰かが王を害そうとしている。

もっと早く、誰かに……信頼できる人が見つからなければ王自身に、警告の進言をすべきだったのだ。

謎の会話を盗み聞いたとき……そして、針を見つけたとき。

針は何かの証拠になればと思って取って置いたのに、それが裏目に出てしまった。

それでも……あの針には本当に毒が仕込まれていて、それが王に刺さるのを防ぐことができた、という事実だけはわずかにエルナンをほっとさせる。

そして王が、「エルナンが下手人とはまだ決まったわけではない」と言ってくれたことも、嬉しい。

だが、側近たちはエルナンを疑っている。

改めてエルナンは、自分という存在がどれだけ側近たちにうさんくさがられていたのかを思い知った。

神官は、エルナンが召し出されるきっかけとなった神託を最後に、引退してしまった。

そして、そもそも神託などというものに信頼を置いていない側近たちは、エルナンを召し出すことそのものに反対していたようだった。

それを、王の一存で押し切り、そしてエルナンを側仕えとしたのだ。

王の衣服や飲食物に一番近付ける存在……それが、エルナンだ。

疑うなというほうが無理だ。

どうしよう……どうやって自分を信じて貰《もら》い、さらなる陰謀から王を守れるのだろう。

考えても考えても、どうすればいいのかわからない。

まして、こんなふうに昼も夜もわからない地下牢に閉じ込められた身では。

今、この瞬間にも王に次の陰謀が迫っていたら。

そう思うとたまらなくなり、エルナンは立ち上がって鉄格子にしがみついた。

「誰か――!」

声を張り上げる。

ベラの毒によって声がしゃがれたのは一時的なものだったらしく、喉が痛みはするが、さきほどよりは出るようになっている。

「誰か、話を聞いてください! 誰か、お願いです!」

すぐに足音が聞こえ、そして鉄格子が槍《やり》のようなもので思い切り叩かれた。

牢番の衛兵だろうか。

「黙れ！　静かにしろ！」

それだけ言って、また足音は聞こえなくなる。

そして……どれだけ時間が経《た》っただろう。

また、足音が聞こえてきた。

鎧《よろい》を着た衛兵の足音とは違う、柔らかい革の靴を履いた複数の足音。

エルナンが鉄格子に駆け寄ると、目の前にたいまつがぐいと突き出された。

一瞬目がくらむが、すぐに、相手がブラナ侯爵とネルクラ侍従長だとわかる。

その背後に、さらに数人の気配。

「ネルクラさま！」

エルナンは侍従長を呼んだ。

「陛下はご無事なのですか！」

まず、それが気になる。あれから何か起きてはいないだろうか。

「この期に及んでまだ忠義面か」

吐き捨てたのは、ブラナ侯爵だった。

「ネルクラどの、確かにこれはなかなか厄介な相手」

「ええ、私も最近はうっかり、このものの忠義を信じかけておりましたから」

侍従長が頷く。

「エルナンよ」

ブラナ侯爵が重々しく告げた。

「ザナン神官はまだ行方《ゆくえ》がわからぬが、あれが見つかれば、お前たちの陰謀などすぐに明らかになるのだ。さっさと白状するのが身のためだ」

エルナンははっとした。

それでは……神託自体が、エルナンという暗殺者を王の傍に送り込む陰謀だったと思われているのか。

しかしザナン神官はもともと王の教育係で、王は深く信頼している様子だった。

そんな人が、王を害そうとなど、するだろうか。

「私は、ザナン神官とは面識もございません。ただ、神託によって召し出されただけの田舎者《いなかもの》でございます、大それた考えなど全くございません、お信じください！」

侍従長とブラナ侯爵は顔を見合わせて肩をすくめた。

「話にならんな」

それからブラナ侯爵が厳しい声を出した。

「素直に黒幕を白状すれば、鉱山労働刑ぐらいを考えてやらんでもないが、このましらを切り通すのであれば斬首は免れんぞ！」

エルナンはぎょっとした。

鉱山労働刑は、一般の鉱山労働者とは全く違う待遇の、一年命が持てばよいと言われるくらいの重労働刑だ。

死刑と変わらない、苦しむぶんだけ始末が悪いと聞いたことがある。

それか不名誉な斬首か……正式な裁判もなしに、そんなことを決められるのか。

今は戦争中でもなく、王は国のすべてを、法に則《のっと》って動かしていこうとしているのに。

「陛下は……そんなことを、陛下がお許しになるはずは！」

「まだ、王の特別なご寵愛《ちょうあい》があると勘違いをしているのか！」

ブラナ侯爵の背後にいた誰かが忌々しげに言った。

「らちがあかないのであれば、このままここで死なせてしまえ！」

別の誰かの声。

誰一人……エルナンを信じてもくれなければ、正式な裁判にかける気もない。

これが、王の側近としてこの国を動かしている人々なのか。

この国はまだ、こんなにも野蛮だったのか。

エルナンは、膝《ひざ》から力が抜けていくような気がした。

「もういい」

ブラナ侯爵がたいまつを掲げていた衛兵を見る。

「しばらくこのまま、飲み物も食べ物も与えず、気が変わるのを待て。なにか白状しそうだったら呼べ」

「は」

衛兵が頷き、そのまま人々はどやどやと去っていき――

エルナンは暗闇に残された。

なんということだろう。

どうしてこんなことになってしまったのだろう。

この城の中に、自分の言葉を信じてくれる人は誰もいないのだろうか。

王は今、自分のことをどう思っているのだろう。

王以外には誰が……

そう考えた瞬間、エルナンの脳裏に浮かんだのは、王とそっくりな、しかし王とは違う顔だった。

金色の光を帯びた瞳、そしてゆたかに波打つ黒髪。

ルファス。

彼は……今回の陰謀に絡んでいるのだろうか。

もしもこの陰謀が、王とルファスの入れ替えを企んでいるものなのだとしたら、それはルファスが承知していることなのかどうか。

ルファスからは、そんな気配は感じなかったような気がする。

この城の「幽霊」と自称し……あの礼拝堂も自由に出入りできていたようだったが、敢《あ》えて禁域に留《とど》まっていたようにも思う。

だが、エルナンが召し出されたことを聞き、「俺を救うために選ばれたものかもしれない」と言っていたのは……？

こうやってエルナンが陰謀の駒として使われ、結果的にルファスが王と入れ替わることを意味していたのだろうか？

わからない。

何もわからない。

ただ、王に危険が迫っていること、それなのに自分には何もできないことだけは、わかる。

そうやって……どれだけ時間が過ぎただろう。

次第にエルナンを苦しめはじめたのは、空腹や喉の渇きよりも、寒さだった。

地下牢は驚くほど寒い。

白騎士見習いのチュニックは牢に入るときに剝ぎ取られ、薄手のシャツ一枚の身体は、次第に表面が冷え、その冷たさが肌の奥までしみ通っていく。

両手で身体《からだ》を抱えたものの、震えが止まらない。

温かいものが欲しい。

だが、冷たい水すら与えられないのはわかっている。

厚手の衣服、毛布、焚き火《たび》など……今ここで得られるはずのないものばかりが脳裏をよぎる。

他には……たとえば、誰かの体温。

そう思った瞬間、全身が誰かの体温に包まれる感覚が蘇《よみがえ》ったような気がした。

これは……ルファスの感触だ。

エルナンの全身が震えた。

あんなふうに、自分から望んで身体を重ね、体温を混じり合わせたことなど他にない。

ルファスのあの逞《たくま》しい身体、掌《てのひら》の温度、肌の温もり、そしてエルナンを穿った灼熱《しゃくねつ》の欲望まですべてを、生々しく全身で思い出す。

「あ……」

エルナンは、自分の中に驚くほどの欲望が生まれたことを感じ、戸惑った。

ルファスが……ルファスが欲しい。

エルナンの理性は、確かに王を敬愛し、王に惹《ひ》かれているはずなのに、身体はこんなにもルファスに惹かれ、ルファスを欲している。

これは何か、逆らうことのできない本能的な欲望だ。

それでも、なんとか再びルファスに会いたい、礼拝堂に行きたいという気持ちを理性で押さえ込めていたはずなのに。

今、この牢の中で、次第に理性が弱まって欲望のたががはずれそうになっている。

ルファスは王に敵対する存在なのかもしれないのに。

他のことを、考えなくては。

しかしルファスのことから思考を無理矢理に引き剝がした瞬間、次に襲ってきたのは喉がひりつくような渇きだった。

毒の水をひとくち飲んで以来、全く水分を摂《と》っていないのだ。

じめじめとした地下牢なのに、水がない。

湿った壁や土の床を舐《な》めたいくらいだ。

一度意識し出すと、もう喉の渇きのことしか考えられなくなる。

いっそ、自分の指を食いちぎって、そこから流れる血でも飲みたい、とエルナンが思い始めたとき。

足音が、聞こえた。

二人だ。

一人は鎧を着けた衛兵、一人は革のブーツ。

水を……水を持ってきてくれたのではないだろうか、と淡い期待が湧き上がる。

「ここでございます」

緊張した衛兵の声をとともに、たいまつの明かりが牢を照らした。

目がくらんで、エルナンには相手が見えないが——

「開けろ」

そう命じた声に、はっとした。

王……?

「しかし……ブラナ侯爵が、侯爵以外の命で開けてはならぬと……っ」

「まだ言うか！」

鋭い声とともに、どすっという鈍い音がした。

たいまつを持ったまま、衛兵が床に崩れ落ちるのが見え……

そして、衛兵の腰のあたりから鍵束を取り上げ、鉄格子の錠を開けた男は。

「へい……か……？」

言いかけて、エルナンは言葉を飲み込んだ。

違う。

王が好む、襟の高い、灰色のチュニックを着ているし、髪も頸《くび》の後ろでひとつにまとめている。

しかし額に光っているのは、よく見ると略王冠ではなく銀色の編み紐《ひも》だし――

何よりも、瞳が違う。

衛兵が取り落として石敷きの床で燃えているたいまつの明かりを映した瞳の、獰猛《どうもう》で野性的な光は――

「ルファス……？」

震える声で呼んだエルナンに、ルファスは大股で近寄った。

「全く」

どこか意地の悪い笑みを含んだ声。

「あれから全く姿を現さないと思ったら、まさかこんなところにいるとはな」

エルナンの全身が震えた。

ルファスの声、ルファスの瞳、何よりもその、全身から発する危険で力強い雰囲気。

闇色の光……そんなものがあるはずはないのに、そんな言葉が浮かぶ。

闇の中で、まるで闇に君臨するかのような強い光を放っているように見えるのだ。

どうしてここにルファスが、と頭ではただただ混乱しているのに、凍えていた身体の芯が、勝手に熱を帯びてくる。

「行くぞ」

ルファスは無造作にそう言って、エルナンの肘を摑んで立ち上がらせた。

「行く……でも、あの」

牢番の衛兵を倒したということは……これは正式な「出獄」ではなくて「脱獄」ではないのか。

「ここを、勝手に出るわけには……」

「なぜ？　お前が暗殺者だからか？」

ルファスがじっとエルナンを見つめる。

たいまつの光を受け、金色の縁取りを帯びて見える、ルファスの物騒な瞳。

「違う……違いますっ」

エルナンは慌てて首を振った。

「私は断じて暗殺者などでは……暗殺者は別にいるのです、王を、王をお守りしなくては……っ」

口走ってから、「別の暗殺者」が目の前のルファスかもしれないという疑念がようやく湧き上がったが……

「ここで殺されたらやつを救うことなどできないぞ。外では処刑台が準備されているのをわかっていないようだな」

ルファスの言葉に、エルナンはぎくりとした。

処刑台が建てられているのか……自分を死罪にするために。

裁判もなしに。

本物の暗殺者、陰謀者が王の傍らにいるかもしれないのに。

「とにかく行くぞ」

ルファスはエルナンの身体を引っ張り、それから眉を寄せた。

「力が出ないのか。何か必要か？」

「み……水、を」

ようやくエルナンが言うと、ルファスは廊下に出て左右を見回し、水瓶《みずがめ》を見つけ、蓋を開けて掌で水を掬《すく》うと、自分の口に含んだ。

さっと戻ってくると、エルナンの後頭部を摑むようにして、口付ける。

「……っ」

濡《ぬ》れた唇から、からからに乾いたエルナンの口に水が注ぎ込まれた。

ごくりと飲み込むと、それだけで全身に力が漲《みなぎ》るような気がしてくる。

ルファスはもう一度水瓶から水を掬って口移しでエルナンに与えると、

「さあ、急ぐぞ」

そう言ってまだ燃えているたいまつを床から取り上げた。

「お前はこれを……使えるかどうか知らないが」

そう言って、倒れている衛兵の腰から剣を取り上げ、エルナンに渡す。

エルナンの白騎士見習いとして腰に下げていた役立たずの短剣は、チュニックと一緒にいつの間にか取り上げられてしまっている。

ルファスは、腰に自分の剣を下げていて、それを片手で摑んだ。

湿気と苔《こけ》でぬるつく石の廊下を行き、角がすり減った階段を上っていくと、等間隔に火が点《とも》された板敷きの廊下に出る。

衛兵が一人、倒れている。

その身体を跨《また》いで進むと、さらに二人。

気絶しているのか死んでいるのかわからないが、まるで道しるべのように点々と倒れている衛兵は、ルファスが倒したのだ、とエルナンは気付いた。

廊下を幾度か曲がってさらに階段を上がった先に、小さな扉があった。

外に出ると、そこはエルナンが知らない、城内の小さな空き地だった。

外は漆黒の闇夜だが、ルファスが持ったいまつの明かりで、すぐ目の前に煉瓦《れんが》の塀が迫り小さな木戸があるのに気付く。

木戸には錠がかかっていたが、ルファスは剣の柄《つか》で何度か錠を叩き、それから扉を思い切り蹴飛ばすと、木の扉は吹っ飛んだ。

「来い」

ルファスに導かれるままエルナンは外に出た。

背後では、何か遠い叫びやざわめきのようなものが聞こえる。

誰かが、倒れている衛兵たちに気付いたのかもしれない。

「ぐずぐずするな」

ルファスはエルナンの腕を摑んで引っ張り、走り出す。

塀の外周に沿って、たいまつを掲げた騎士を乗せた馬が二頭やってくるのが見えた。

白騎士だ、とエルナンははっとしたが……

ルファスがエルナンを、自分が掲げているたいまつの明かりの外に押し出して一歩進み出た。

「止まれ！」

「何者……あ！」

白騎士たちは、ぎょっとしたように手綱を引いた。

「陛下、なぜこのようなところに！」

一人が慌てて馬を下りる。

王の傍近くに仕え、王を直接見知っているはずの白騎士なのに、ルファスが王ではないと気付かないのだろうか、とエルナンが思ったとき。

「違う、これは……っ」

もう一人の白騎士が、王ではないことに気付いた。

次の瞬間、ルファスはその白騎士の脚をぐいと引っ張って馬から引きずり下ろした。

素早くその白騎士の背後に回って羽交い締めにし、首元に剣を突きつける。

「馬に乗れ！」

ルファスの言葉が自分に向けられたものだとわかり、エルナンは暗がりから飛び出した。

近いほうの、自分から下馬した白騎士の馬に駆け寄ると、我に返った白騎士がエルナンに向かって剣を振り上げる。

とっさにエルナンは、自分が持っていた剣でその刃を受け止め、思い切り横に振り払った。

予想外の反撃だったのだろう、白騎士がよろめいた隙《すき》に、馬に飛び乗る。

「やるな」

ルファスが冷静に言いながら、羽交い締めにしていた白騎士を突き飛ばし、自分もひらりと馬に飛び乗る。

「待て！」

「誰か、曲者《くせもの》が！」

追いすがろうとしながら叫ぶ白騎士の声に、

「脱獄だ——！」

木戸の中から声が重なったが、その喧噪《けんそう》を背に、エルナンはルファスに続いて馬を走らせ、二重の堀が狭まっている部分を楽々と飛び越すルファスになんとか続く。

王城の敷地を出ると、二人は暗闇の中、城から遠ざかる方向へと馬を走らせた。

しばらく夜の道を走らせ、ようやくルファスの馬が並足になったころには、エルナンはへとへとになり、馬を制御することもできなくなっていた。

ルファスが、勢いがついたまま横を駆け抜けようとしたエルナンの馬に並び、手綱を引く。

「もう限界か」

ルファスが尋ねる。

馬に乗るのは苦ではない。何しろ、馬の産地で育ったのだ。

だが……

「渇きと……空腹で……」

戦場では、兵はこれくらいの空腹に耐えなければならないことあるのだろうと思いつつも、エルナンはそう答えずにはいられない。

「……二日半、だからな」

ルファスが低く言ったので、ようやくエルナンは、自分が飲まず食わずで地下牢に閉じ込められていた期間を知った。

「まあ、いずれにせよ、そろそろ馬は捨てたほうがいいだろう」

そう言ってルファスはひらりと馬から下り、エルナンに手を貸して下ろしてくれた。

「城まで好きに戻れ、なるべく寄り道をしながらな」

ルファスがそう言って馬の臀《しり》を叩くと、二頭は少し躊躇《ため》う様子を見せてから、闇の中をゆっくりと歩み去っていく。

駆けている間にルファスの髪を縛っていた紐も、略王冠代わりに額に巻いていた紐も取れてしまったのか、闇に溶けるゆたかな黒髪がふさふさと肩に垂れていた。

そのルファスが周囲を見回し、エルナンもつられてあたりを見る。

ここはどこだろう。

小さな集落に近いらしく、家の灯《あか》りがぽつぽつと見えている……ということは、まだ真夜中という時間でもないのだろう。

と、ルファスはエルナンの手を摑み、そのまま一軒の民家のほうに歩み寄った。

躊躇うことなく、その扉を叩く。

「誰かいないか、旅のものだ」

張りのある、自信に満ちた声が疑いを起こさせないのだろう、すぐに扉が細く開いた。

いかにも農民らしい、中年の男だ。

「これは、騎士さま……でしょうか」

高価そうなチュニックを着て、剣を腰に下げたルファスの姿は少なくとも騎士階級以上に見えたのだろう、男が尋ねる。

ルファスは頷いた。

「所用で旅をしているが、途中で馬が潰れてしまった。迷惑はかけぬ、どこか朝まで休める場所はないか」

男はほっとした顔になった。

「それでしたら……村はずれに、住むものがいなくなった小屋がございます」

その方向を示してみせる。

「ありがとう、では使わせてもらう」

ルファスは頷き、男は扉を閉めた。

食べ物や飲み物を貰うのではないのか……と、エルナンは少しがっかりする。

しかしルファスはそのまま、少し離れた別の家の扉を叩いた。

今度は老婆が出てくる。

「旅のものだが」

ルファスはまたしても堂々と言った。

「革袋が破れて水がなくなってしまった、使ってもいい井戸はあるか」

すると老婆は、

「そちらの辻《つじ》に共同井戸がございますが」

そう答えて、少し躊躇ってから、

「よろしければ、これをお使いください」

そう言って家の中から、古い革袋を探しだし、渡してくれる。

ルファスは井戸で革袋に水を汲《く》んでから次の家の扉を叩き、

「すまぬがパンを少しだけ」

また次の家で、

「パンや水はある、干し肉でも少し分けてもらえれば」

と干し肉とついでに果物を分けてもらい、エルナンは感心してしまった。

いきなり一軒の家で、泊まる場所も水も食べ物もと要求すると、庶民には負担だし、何も持たずに旅をしているのかと怪しがられてしまう。

だがこうやって少しずつなら、警戒も薄れるというものだ。

最後の家で「灯りを貸してくれぬか」と手燭《てしょく》を借りると、そこからほんのわずかのところに、最初の家で教えられた小屋があった。

「さあ」

ルファスが扉を開け、エルナンを中に入れた。

中は狭い一部屋で、床は土間だが壁際に木のベッドがあり、かろうじて古い布が重ねて積んである。

エルナンはくたくたになっていることを自覚し、そのベッドに座り込んだ。

「まず飲み食いをしろ」

ルファスが目の前に食べ物を広げてくれ、エルナンは水を飲み、そしてパンや果物をゆっくりと食べた。

いきなりがっつくと胃が驚くことは、戦の際に経験している。

ルファスは片膝を立ててエルナンの隣に座り、干し肉を少しかじりながらエルナンが食べるのを見つめていたが……

「落ち着いたか」

頃合いを見計らうように声をかけた。

「は……はい」

どうやら飢えと渇きは収まり、エルナンは頷いた。

同時に、止まっていた思考もゆっくりと動き出す。

「……ありがとうございます……助けてくださって」

「さあ、助けたのかどうか」

ルファスがにやりと笑う。

手燭ひとつが照らすだけの薄暗さの中でも、やはりこれは王ではなく、別人のルファスだとはっきりわかる表情だ。

「お前があれからちっとも訪ねてこないから、懲りたのかと思ったのだが、おかしな話が耳に入ってきたからな……王の側仕えが毒殺者だった、と」

毒殺者という言葉がどぎつく、エルナンは戸惑う。

「……私は誰かにはめられたのです」

なんとかそう言うと、ルファスは笑った。

「だろうな。お前からはそういう、負の空気は感じぬ。だが、お前は遠からず斬首になるだろうとわかったから、とりあえず出してやってみるか、と思ったのだ」

エルナンは驚いて、ルファスをまじまじと見た。

こんなにもあっさりと、ルファスはエルナンが毒殺者、暗殺者、などではないと認めてくれる……わかってくれるのだ。

「お前はやつを……王を救いたいのか？」

ルファスが尋ね、エルナンは頷いた。

「本当の裏切り者がいるのです……それを、突き止めないと」

そう言ってから、不安になる。

そもそもルファスは「どちら側」なのか、わかっていない。

もし、王とルファスを入れ替えるというような陰謀が企まれているのだとしたら、ルファスは王に敵対する立場だ。

もし、そちら側の思惑でエルナンを牢から連れ出したのだとしたら。

脱獄するということは、罪を認めたということにはならないだろうか。

じっとエルナンを見つめるルファスの瞳に浮かぶ、物騒な色はなんなのだろう。

「……あなたは、王を害そうとしているのですか」

エルナンがようやく尋ねると——

「そんなことに興味はない」

ルファスは意外なほどあっさりと言った。

「王が無事であろうが毒殺されようが、俺には関係のないことだ」

その言葉に、裏や嘘《うそ》はないように聞こえる。

「では……どうして私を助けてくれたのですか」

「俺がもう一度、お前を抱きたかったからだ」

ルファスがあまりにもさらりと口にした答えに、どくん、とエルナンの全身の血が波打ったような気がした。

ルファスがじっとエルナンを見つめる、その瞳に物騒な光が宿る。

「……お前はそうではないのか？」

低く尋ねる、その声音にも。

そうだ……エルナンだって、あの夜が忘れられなかった。

正確には、エルナンの身体が、だ。

王そっくりの、謎の男。

頭では危険な存在だとわかっているはずなのに……昼は心から王を慕い仕えているのに、夜になると、エルナンの身体はあの夜を、ルファスの体温や感触を思い出して疼《うず》いた。

何度か礼拝堂の前まで行っては、自分を抑えつけて宿舎に戻ったりもした。

だめだ、再びルファスと肌を重ねたら、引き返せなくなってしまう。

——引き返す？　どこに？

引き返す場所など、ない。

ルファスの瞳にエルナンの視線が捕まり、逃れられなくなる。

この男は暗殺者ではないと信じ、そして助けてくれた。

そして真《ま》っ直《す》ぐに、エルナンを求めている。

そう思った瞬間、驚くほどの喜びがエルナンの全身に溢《あふ》れた。

嬉しい。

求められて嬉しい……そして自分も彼を求めている……!

「……私、も」

掠《かす》れた声でそう言った次の瞬間、ルファスが伸ばしてきた腕に吸い寄せられるようにエルナンも腕を伸ばし――

気が付くと、きつく抱き締められ、そして口付けられていた。

すぐにルファスの舌がエルナンの唇を割り、口腔《こうくう》を侵す。

エルナンも応え、舌が絡み、互いに互いの唇を貪る。

ルファスの両手がエルナンの身体をまさぐり、もどかしげにシャツの裾を引っ張り出し、素肌を探る。

エルナンも頭の芯が熱くなるのを感じながら、同じように、自分の掌でルファスの体温を感じようとシャツを引っ張る。

鼓動が速まっていく。

着ているものを脱ぎ去ることももどかしく、シャツを着たまま、もつれ合うようにベッドに横たわった。

シャツをはだけた胸と胸が重なり、体温が伝わる。

「あ……っ」

唇が離れ、エルナンは甘い声を上げていた。

「もうそんな声を出すのか」

ルファスがからかうように言って、頬《ほお》を染めたエルナンの耳元に、額をつける。

「お前とは……なんというか、肌が、合う」

ルファスは含み笑いをしながら言った。

「自分をああまで制御できなくなったのは、はじめてだった」

制御できない？

あのときのルファスは、確かに獰猛で野性的だったが、決して一方的にエルナンを自分の欲望の道具にしたのではなかった。

エルナンの弱みを見つけ、快感を引き出し、一緒に昇りつめてくれた。

それでも、ルファスもどこか、余裕を失っていたということなのだろうか。

そしてエルナン自身……

「あんなふうに感じたのは、はじめて……だった……」

思わずそう口にしながら、すでに息が上がっているのがわかる。

「かわいいやつ」

ルファスはにやりと笑い、そしてエルナンの胸に顔を埋《うず》めてきた。

「あ……っ」

すでに全身の肌が敏感になっているように感じるところへ、乳首をいきなり強く吸われ、エルナンはのけぞった。

歯で軽く噛《か》まれ、もう一方を指できゅっと抓《つね》られる。

少しばかり乱暴で、痛みもあるのに、それを上回る快感がエルナンを飲み込む。

わずかにかさついた掌で脇腹を何度も撫《な》で上げられると、それだけで全身の体温が上がっていくのがわかる。

自分の掌をルファスのシャツに潜り込ませ、肩や背中の張りのある筋肉をなぞり、熱を感じる。

ルファスは、エルナンの乳首を舌で弄びながら、片手で器用にズボンの前を探り、紐を解いていく。

「あ……あっ」

ルファスの大きな手に握りこまれ、エルナンはすでに自分が痛いほどに張り詰めていることに気付いた。

同じようにルファスの前を探り、布越しにもわかる猛《たけ》りを感じ、もどかしく紐を解こうとしたが指先が興奮で震えている。

「焦るな」

ルファスが笑い、自分で紐を解くと蹴飛ばすようにブーツとズボンを脱ぎ、エルナンの着ているものを……髪を縛る紐に至るまで、すべて剝ぎ取っていく。

全裸になったエルナンを、前をはだけたシャツだけを羽織ったルファスが見下ろす。

手燭の弱々しい明かりはすでに消えかけ、闇に包まれようとしているのに、エルナンの目には自分を見下ろす男の、銀色の輪郭を帯びた波打つ黒髪、金色に光る黒い瞳がはっきりと見えた。

これは……自分の目に実際に見えているものではないかもしれない、とエルナンは気付いた。

彼が内側から発している力が、自分の目に、不思議な光として映っているのだ。

王の行軍を見たときに、王を包んでいるように見えた、あの強くまばゆい輝きとは違うが、ルファスもまた確かに、不思議な光を帯びている。

そんな思考は、ルファスが荒々しく口付けてきたのでたちまち消えた。

性器が手でゆるゆると扱《しご》き上げられ、滲み出るもので辷《すべ》りがよくなっていくのがわかる。

このままではあっという間に上り詰めてしまう。

だが……エルナンが欲しいのは、「それ」ではない。

「ちがっ……はや、くっ……っ」

無意識に焦れるような声が洩《も》れた。

「なんだ、待てないのか」

ルファスが低く笑い、それからいきなりエルナンを抱きかかえるようにしてぐるりと仰向《あおむ》けになった。

エルナンは仰向けになったルファスの上にのしかかるような体勢になる。

「え……、あのっ」

「敷き布は役に立っていないな」

ルファスが「やはり」という口調で言った。

まさか……ベッドが固いから自分が下になったということなのだろうか。

礼拝堂でも彼は、いつの間にかシャツを敷いてくれていたことを思い出す。

だが、ルファスの腰を跨ぐような姿勢で、猛った性器と性器が触れ合っているのが、どうにも恥ずかしい。

しかしすぐにルファスの手が、エルナンの腰を軽く撫でながら後ろに回った。

指が、奥を揉《も》みほぐしている。

「んっ……っ、あっ……っ」

エルナンはルファスの胸の上に倒れ込んだ。

ルファスの指が中へと入り込むのを感じながら、無意識に腰を高く掲げる。

いつしか手燭の火は消え、暗闇の中でただただルファスだけを感じている。

節の太い、男らしいルファスの手。

指はエルナンの内側を押し分けるようにして中へと入り込み、ぬくりぬくりと抜き差しされ、それだけで身体の内側からさざ波のように全身へと快感が広がっていく。

だが、足りない。

もっと確かな熱が欲しい。

「大丈夫そうだな」

声とともに、ルファスの指が体内から抜けていく。

そして……大きな手がエルナンの細い腰を鷲摑《わしづか》みにし、狭間《はざま》にぴたりと、熱く固いものが当てられた。

ルファスの、熱。

「ゆっくり腰を落とせ……そう、そのまま」

こんな体勢で男を受け入れたことはない。

自分で体重をかけていくことに、怖さのようなものもあるのに……ルファスに誘導されながら、エルナンのそこはひくつきながらルファスを飲み込んでいく。

これは……なんだろう。

誰かに対して「身体が開いていく」感覚。

謎めいた危険な男だとわかっているのに、エルナンの身体はルファスに対してこんなにも易々《やすやす》と屈服していく。

「んっ……くっ……っ」

じり、と自分の中にルファスを受け入れていくことがもどかしく、エルナンは無意識に、体重をかけて腰を落とした。

「あ――！」

思いがけない奥まで一気にルファスが入ってきて、エルナンはのけぞった。

「あ、あっ……っ……っ」

全身がひくひくと痙攣《けいれん》する。

ルファスを締め付けている、内壁も一緒に。

しかしルファスが軽く腰を揺らすと、エルナンの身体はたちまち快感を追いはじめた。

ぎこちなく腰を上下させ、前後に動かし、ルファスの切っ先をどこに当てればいいのか、身体が勝手に探る。

「んっ……んんっ、うっ……あ、あ、あ」

「そこか」

エルナンがいい場所を探り当てたのがわかったのか、ルファスがエルナンの腰を掴んだ手に力を込め、そして確実な動きで突き上げはじめた。

「あぁ……あ、あっ……ああ、あ」

声が止まらない。

頭の芯が痺れるような快感が次から次へと襲ってきてエルナンを飲み込む。

「くっ……っ」

ルファスの、堪《こら》えるような声がさらにエルナンを煽《あお》る。

エルナンの腰の動きとルファスの突き上げが同じリズムを刻んで、エルナン自身知らなかった最奥の弱みを抉《えぐ》り――

「……っ……あっ……っ……っ」

身体を震わせて達すると、エルナンの性器を包んだルファスの手が迸《ほとばし》るものを受け止める。

同時にエルナンの中で、ルファスも数度痙攣するのを感じ――エルナンはルファスの胸の上に頽《くずお》れた。

目を開けると、小屋の中はぼんやりと明るくなっていた。

小さな明かり取りの窓があって、そこから明け方の光が差し込んでいるようだ。

エルナンは、自分がルファスの腕枕で眠っていたことに気付いた。

軽く上体を起こしてみると、ルファスは仰向けに眠っている。

美しい顔だ、とエルナンは思った。

こうして目を閉じていると、ルファスの獰猛な野性味は消え、気高く禁欲的な王に、本当にそっくりだ。

不思議なことに、ルファスの波打つ黒髪も、朝の光の中で見ると王のような直毛が寝乱れて曲線を描いているだけのように見える。

そして、ルファスはシャツを羽織ったままだったように思うが、いつの間にか脱ぎ去っていたのだろう……一糸まとわぬ、彫刻のような美しい裸体。

朝、王の着替えを手伝う際には、なるべく直接まじまじ見たりしないよう気を付けているが、それでも目に入る逞しい身体つきはわかる。

ルファスの身体には薄く傷跡が何本も残っていて、これは戦でついたものだろうか、王の身体にも傷跡があっただろうか、などを考えながらふと視線を腕のあたりにやり——

エルナンははっとした。

肘の少し下に、まだ新しい、生々しい傷がある。

これは……刀傷だ。

そしてこの位置は……エルナンの枕の下から針が見つかり、それを持ってきた白騎士が激昂《げっこう》してエルナンに斬りかかって……

それを庇ってくれた王の、肘のあたりのチュニックが切り裂かれるのを見た。

それと同じ位置ではないだろうか。

まさか。

エルナンの心臓がばくばくと音を立て始める。

どうしてルファスの肘の、同じ位置に、同じような傷が。

双子で、どちらかが怪我をしたらもう片方にも傷がつく、というようなことがあり得るのだろうか。

それとも、眠っている間に、王とルファスが入れ替わった……？

それはいくらなんでもあり得ない。

だとしたら、答えはひとつしかない、だがそんな……とエルナンが思ったとき。

ルファスがゆっくりと目を開けた。

二度、瞬きをして……それからエルナンに気付き、はっと目を見開く。

「エルナン？」

驚いたように上体を起こし、そして小屋の中を見回し、もう一度エルナンを見る。

「ここは……？」

その瞬間、エルナンにはわかった。

これは、ここにいるのは、ルファスではなく王だ——！

朝の光の中で、漆黒の髪は真っ直ぐで、ルファスの髪のような癖はない。

そして、光を放つというよりは周囲の光を吸い込んでしまうような深く黒い瞳も、穏やかで理性的で、ルファスのように物騒な色は帯びていない。

間違いない、ここにいるのは王だ。

そして、王とルファスの「身体」が、眠っている間に入れ替わったとは考えにくいのなら……入れ替わったのは。

「……陛下、ですね……？」

エルナンが震える声で言うと、王は頷いた。

「そうだ……そしてお前は、夜の私と一緒にいたのだな」

夜の私。

やはりそうだ……入れ替わったのは、身体ではなく心なのだ……！

なんということだろう。

にわかには信じがたいが、同じ身体に、昼の王と夜のルファスが共存しているのだ、とエルナンにはわかった。

と、王はぎくりとしたように自分の身体を見下ろした。

一糸まとわぬ裸体。

エルナンも同じ。

そして二人の衣服がベッドの上に乱雑に脱ぎ捨ててある。

「あ……！」

エルナンは慌てて、自分の服と王の服をより分け、王にシャツを差し出した。

「お、お召し物を……っ」

「あ、あ」

王は戸惑った様子でシャツを受け取り、エルナンは王に背を向けて慌てて自分の衣服を身につける。

王には……昨夜の記憶はわずかにでもあるのだろうか。

それとも全くないのだろうか。

この状況を、王にどう説明すればいいのだろう。

なんとか身支度を調えてようやくベッドから立ち上がり、振り向いて王を見ると……

王もきちんとチュニック姿になり、気遣わしげにエルナンを見つめていた。

「尋いてもいいか……その」

王は、躊躇いながら言った。

「夜の私は……お前に、無体を働いたのか。その……無理矢理」

王が何を言おうとしているのかに気付き、エルナンはぎょっとして首と手を一緒にぶんぶんと振った。

「いいえ！　違います！　あのっ」

さすがに王も昨夜二人の間に何があったかは察したのだろうが、無理矢理などでは決してない。

だがそれをどう説明すればいいのか。

「私も……その……望んだ、のです」

ようやく言葉を見つけてそう言うと、王はほっとした……しかしわずかに複雑な表情になった。

「そうか……それなら」

よかった、という言葉を飲み込んだのだとわかる。

そしてエルナンは、王が状況を理解するためにまず尋ねたのが、このことであったことに驚いていた。

昼と夜で人格が別れているように見えるとは言え、ある程度は夜の記憶も共有しているのだろうか、それとも全く記憶がないのだろうか、と思ったのだが……今の言葉を聞くと、ルファスとしての記憶はないようだ。

だとしたら真っ先に聞きたいのは、ここがどこなのか、どうして二人でここにいるのかということのはずなのに。

王は真っ先に、ルファスがエルナンを無理矢理襲ったのかどうかを尋ねた。

まず何よりエルナンを気遣ってくれている。

そういう方なのだ。

自分のことよりも、目の前のエルナンのことをまず考えてくれる。

ああ、やはり自分はこの方に惹かれ、この方を慕っているのだ。

エルナンの胸がきゅっと詰まった。

「あの……陛下」

エルナンは、おそるおそる尋ねた。

「陛下はこの状況を……おわかりでは、ないのですよね……?」

双子なのだろうかと思っていた二人が、実は一人の身体に宿る二人の人間だった。

あまりにも非現実的で、自分の目で見ていなければ信じられないだろう。

そして、元々そうだったのか、途中からそうなったのか、先王や側近は承知のことなのか、知りたいことは山ほどある。

しかし、王が今の状況を理解していないのなら、それを説明するのが先だ、とエルナンは自分の疑問をぐっと抑え込んだ。

王は頷く。

「私は、夜の私が何を考え、何をしているのかは全く知らぬ。夜の私も同じらしい」

そう言ってから、不思議そうにエルナンを見つめる。

「お前は……この状況を理解し、受け入れてくれているのだな。昼の私と、夜の私がいることを」

エルナンは頷いた。

理解できているかどうかはわからないが、受け入れることは、おそらくできている。

「お二人を……それぞれに存じ上げていれば、別のお方としか思えません。けれど、昨夜私は確かにルファス……夜の陛下と一緒で、今朝は、陛下がここにいらっしゃる。自分の目で見ていることを信じないわけにはいきません」

王が切なげに目を細めた。

「誰もが、そうあってくれればいいが……なかなかそうもいかない」

意味ありげにそう呟《つぶや》いてから、さらにエルナンに尋ねる。

「そして？　ここはどこで、なぜお前と私はここに？」

「ル……夜の陛下が」

「ルファスでよい、彼がお前にそう名乗ったのなら」

王がやんわりと言ってくれ、エルナンは頷く。

「ルファスが私を牢から救い出してくれ、逃げたのです。ここは、どこかの村はずれの小屋です」

「お前を救い出した……その理由は？」

理由……ルファスは、もう一度エルナンを抱きたかったと言ったが、それは王の前では口にしにくい。

エルナン自身、こうやって朝の光の中で見る王がこんなにも慕わしいと改めて思うと、ルファスに惹かれている自分が、何か裏切りでも働いているように後ろめたいのだ。

それに、王とルファスが同じ身体に宿る人間であるのなら、ルファスが自分を救い出してくれた理由も、ただ本能とか欲望とかだけではないような気もしてくる。

何かもっと、深い理由がありそうな。

「わかりません……でも、とにかく私は、陛下のお身の回りに危険があるのなら……死刑になってしまっては、真の暗殺者を捜すこともできないと思い、とにかく牢から出られるのなら、とルファスの助けに乗ったのです」

「真の暗殺者」

王の声が厳しくなる。

「私は、お前が牢で、隣国の密偵であることを自白したと聞かされていた。どうにも腑《ふ》に落《お》ちかねて、早急に私も臨席する正式な裁判を、と命じていたのだが……つまり、そうではないのだな？」

そういうことか。

王には、偽りの報告がなされていたのだ。

そして王は「腑に落ちかねて」……つまり完全には信じられないと思い、裁判を命じてくれていたのだ、とエルナンはそれが嬉しい。

しかし……王に偽りの報告がなされ、おそらく王には内密に、裁判の前にエルナンを処分しようとしていたのかもしれない、ということは――

「陛下、どなたか陛下が信頼なさっている人たちの中に、裏切り者がいるとしか思えません」

エルナンがそう言ったとき。

「し」

王の表情が引き締まり、唇に人差し指を当てた。

同時にエルナンも、小屋の外で何かこそりと音がしたのに気付いた。

誰かいる。

かちゃ、というかすかな音も。

鎧をつけた兵が、いる。

敵か味方か。

エルナンは、自分の手の届く位置にあった剣を握り、もう一本を王に差し出した。

王が少し戸惑いながら剣を握るのを横目で見つつ、エルナンは扉に近寄り、壁に身を寄せた。

「……いくぞ」

薄い扉を通して、ひそめた声が聞こえ、エルナンはとっさに、扉を思い切り蹴飛ばした。

外開きの扉が、外にいた誰かを吹き飛ばすように開く。

「うわ！」

エルナンは扉の外に飛び出した。

相手は、吹き飛んで尻餅をついたものと、もう一人……二人だけだ、と見て取る。

白騎士ではない、城の衛兵の鎧だ。

「こいつだ！」

一人がそう言いながらエルナンに向かって剣を振り上げ、エルナンはそれを自分の剣でなんとか受け止めた。

転んでいたもう一人が立ち上がり、小屋の中を覗き込んだ。

「いたぞ、王の偽物だ！」

「やれ！　死なない程度の怪我ならさせていいとの命だ！」

エルナンに打ちかかりながら兵が叫ぶ。

この兵たちは……王を偽物と言い、危害を加えようとしているのだ。

兵が小屋の中に飛び込んでいくのを横目で見ながら、エルナンは、とにかく自分の目の前の兵をなんとかしなくてはと思った。

王は王だ、雑兵の一人くらいあしらえるだろう。

エルナンは剣など正式に学んだことはないが、戦の最中には身を守るために、自己流ではあるが身につけた。

しかし相手が本物の兵では、どこまで相手ができるか。

とりあえず、打ちかかってくる兵をなんとかかわしながら小屋の中の様子を横目で窺《うかが》い——エルナンはぎくりとした。

王の様子が、おかしい。

兵の一人くらい簡単にあしらえると思っていたのに、王はまるで剣の使い方など知らないかのように、不器用に兵の剣を受け止めているだけなのだ。

このままでは王が、怪我をさせられてしまう……！

王を守らなくては！

エルナンは、自分の中から、自分でも知らなかったような力が湧き上がってくるのを感じた。

そのとき、エルナンの目の前の兵が、剣を振り上げて胴体ががら空きになった。

エルナンを侮って隙ができたその一瞬を捉えて、エルナンは胴体めがけて、思い切り剣を横に振った。

がつん、という手応えとともに兵が横に吹き飛ぶ。

エルナンは小屋に駆け込むと、もう一人の兵の背中に向かって剣を振り上げ、そして振り下ろした。

無防備な首のあたりに剣があたり、兵がばったりと倒れる。

「陛下、外へ！」

エルナンが叫ぶと、王ははっと我に返ったようで、エルナンに続いて小屋から飛び出した。

外で倒れている兵が起き上がろうともがいているのを横目で見ながら、どちらへ行こうかと一瞬迷う。

するとエルナンに追いついた王が、

「森へ！」

短く叫んで、左の方向に走り出した。

確かに、その方向に森が見えている。

エルナンも全力で走った。

背後から、叫び声が聞こえてくる。

森のへりに辿《たど》り着《つ》いたときには、それは数騎の馬の足音になっていたが、二人はなんとか森の中に駆け込んだ。

幸い森は木々が密集して下草が多く、足跡の残らない暗い空間をすぐに提供してくれる。

馬では入りにくい場所だ。

それでも二人は、背後から追っ手の気配が消えるまで走り続け、ようやく森の中の、少し小高くなって日の光が入る場所まで来ると、どちらからともなしに足を止めた。

はあはあと息をしながら、エルナンは王の様子を見る。

王も同じように荒く息をつきながらエルナンを見る。

「……無事か、怪我は」

王が尋ね、エルナンは首を振った。

「私はなんとも……陛下は」

「大丈夫だ。お前が守ってくれた」

王の言葉に、エルナンの中で違和感が湧き上がった。

王は……「自分の」兵に対して剣を使うのを躊躇ったのだろうか、それとも……？

「私は、剣を使えないのだ」

エルナンの顔に表れた問いを読み取ったのだろう、王は静かに言った。

「使えない……？」

兵を率いて敵を打ち砕き、戦を終わらせた王が、剣を使えないとはどういう意味だろう。

いや、エルナンが側仕えとなった最初の日、エルナンがかたちだけの短剣を腰に帯びて王と二人きりになることに不安を覚えた侍従長に、王は「いくら私でも」と不思議な言葉を発したことを思い出す。

あれは「いくら剣を使えない私でも」という意味だったのだろうか。

「……順を追って説明しなくてはな。だがとにかく、追っ手を仕掛けたものがどういうつもりなのかわからない、少しでも安全な場所に」

王は周囲を見回し、一本の木を指さした。

「あの上は」

こぶの多い、くねくねと立ち上がって周囲の木と絡み合っている、一本の大木を指さす。

かなり上った場所に、二股に分かれた部分が見える。

枝を伝っていざとなったら隣の木にも移れそうだ。

「私が」

エルナンが先に上ろうとするのを、王が制した。

「木登りくらいはできる」

そう言ってするすると木を上っていくと、木の股部分に辿り着き、あとから上るエルナンに手を差し出して、軽々と引き上げてくれる。

力や体力がないわけではなく……それでも剣は使えない。

それはどういう意味なのか早く知りたい、とエルナンは思う。

最初に見えた木の股部分より少し上に、枝に寄りかかって二人並んで座れそうな、そして枝に隠されて下からは見えない枝を見つけ、二人はさらにそこまで上る。

王は枝や葉をすかして遠くを見つめた。

「追っ手はどれくらいいるのか……少なくとも、小屋を襲ってきた衛兵二人と、追ってきた騎馬の兵が三人。大軍を動かしてはいないのだろう」

王が呟く。

「王の偽物、と言っていましたね」

エルナンが言うと、王は頷いた。

「彼らにそう言って騙《だま》しているものがいるのだろうが……ある意味、それは正しくもある」

そう言って、エルナンをじっと見つめる。

「今の私は、この国の真の王ではない」

静かに、感情を込めずに言われたその言葉に、エルナンはぎくりとした。

「私は、二つに分かれてしまったのだ」

王は淡々と続ける。

「……分かれて……？」

エルナンが思わず尋き返すと、王は頷いた。

「あれは……最後の決戦のときだ。国境を侵していた敵兵を押し戻し、隣国の領土で決戦があり……その際、わが軍は、ひとつの村を占領した」

苦い口調が、エルナンに戦の最中のことを思い出させる。

隣国は略奪を禁じていなかったから、エルナンの村は本当にひどい目に遭った。

我が国の王はこんな略奪行為を決して許さないのに、と村人は唇を噛んで耐えていた。

だが、隣国で村を占領し、そこで何かがあったのだろうか。

「そこで兵たちが水を得るために、よそ者が近寄ることを禁じられている湧き水を使ったのだ」

王が、エルナンの内心の疑問に答えるように続ける。

「何か、村の成り立ちに関わる大切な湧き水で、死者に捧げるためだけに使われ続けてきたらしい。だが兵はそこで無理に水を汲み、私も知らずにその水を飲んだのだ」

エルナンは息を呑んだ。

そうやって村の暮らしに根付いた言い伝えやしきたりを、征服者によって無視されることは、エルナンも経験している。

そして戦の最中で、この国の兵も、それを行ってしまったのだ。

「……その村に、一人の呪い師がいた」

王が静かに続ける。

「その呪い師が、呪いをかけたのだ。王は二つに分かたれろ、戦しか行えない王と、戦を行えぬ王に、と」

戦しか行えない王と、戦を行えない王。

「それが……ルファスと、陛下」

エルナンは思わず呟いた。

つまり……もともとの「カルド三世」としての王が、二つの性質に真っ二つに分かれた。

そんなことができる呪い師がいたのか。

もともと、神と人を繋《つな》ぐことができ、公の神殿に仕えるものが神官と呼ばれ、その力を宿しながら市井で生活しているものを呪い師と呼んだ。

エルナンの祖父も呪い師だ。

しかし長い歴史の中で、神の言葉を聞いたり人の願いを神に伝えたりする力は失われ、村の中で人々の節目に祝福を与えたり、日常の悩みを聞いたり、争いの仲裁をしたりという立場に変化していた。

それなのに、王に呪いをかけられるような……神に頼み、神がその願いを聞いてくれるような呪い師が、まだ存在したのか。

いや、その呪い師も、普段は祖父と同じような仕事をしていたのかもしれない。

大切なしきたりを踏みにじられた怒りと悔しさと憎しみが、思いも寄らない力となり、神に願いを届かせたのかもしれない。

「それで……陛下は……？」

「最初は、何ごとも起きなかった。だが戦を終わらせ城に戻ってから、私が、昼と夜で別人のようになることに、側近たちが気付いたのだ」

「それが起こるのが、日の出と日没なのですね」

エルナンは思わず言った。

エルナンは、太陽が空にある時間帯にしか王に仕えることを許されていない。

夜の世話を許されていないのは自分が信頼されていないからだと思っていたのだが、それはまさに、王がルファスに変わることを、側近たちがエルナンに隠していたからだ。

「私は、その変わり目を知らないのだ」

王は唇を噛んだ。

「日没後、急に眠りが訪れて眠り込んでしまう。夜の間のことはわからぬ。側近たちによれば、夜の私もまた、日の出前に気絶するように眠り込み、起きると私になっているそうだ」

そしてルファスも、昼間の自分を知らない……ということか。

「だから私は、真の王ではない……半分しか、自分ではないのだから」

王は低く言った。

「今の私は、戦うことができぬ。剣を持って誰かと相対することすら。身体が凍り付いたようになって動かないのだ……呪いによって分かたれる前の自分が剣を持って戦っていたことは鮮明に覚えているのだが」

今朝の王の様子は、そういうことだったのだ。

「今の私にできるのは、戦が終わったこの国を治めていくことだ。側近たちは合議の結果、昼の私を王として扱うことに決めたが、逆だったらこの国はまだ戦を続けていただろう。しかし……私には、果断さや決断力や、本能的な勘が欠けている。戦に必要な力が。以前は確かに持っていたと思われる力が。今また隣国に攻め込まれたら、私ではこの国を守れぬ」

平時の王と、戦時の王。

戦が終わったので、側近たちは「平時の王」を選んだ。

だが、以前の「完全な」自分を覚えている王は、だからこそ、自分に大きく欠けた部分があることを、あんなにも悩んでいた。

そして側近の中で、そういう王に物足りなさを感じていたり、再び戦を起こしたいと思っている一派が勢力を持ったならば……ルファスを王として扱うこと、戦を起こすことが可能なのだ。

「では、さきほどの追っ手は、戦を起こしたい……ルファスを王にしたい誰かの……」

エルナンの言葉に、王は頷く。

そうか。

エルナンが、双子の王をすげ替える陰謀があるのかもしれないと想像したのは、ある意味正しかったことになる。

そして、戦の際の、行軍の先頭にいたあの輝くばかりの光を発していた王と、今の王が違う理由もわかった。

今の王は、あのときの王の「半分」であり、もう半分がルファスなのだ。

二人とも、あのときの王でありながら、あのときの王ではない。

「お前は」

王は、切なげに目を細めてエルナンを見た。

「だから、私にとって希望だったのだ」

「え」

一瞬戸惑ってから、エルナンはそもそも自分がどうして召し出されたのかを思い出した。

「神託は……陛下のそういう状況を私がなんとかできる、というようなものだったのでしょうか」

「そうだ」

王は頷く。

「私とこの国を救えるものがいる……と」

だがエルナンには、いったい自分がどう役に立てるのか、全く見当もつかない。

できることがあるならなんだってしたいとは思うが……

「せめて呪い師の孫として、かすかにでも何かの力を持っていればお役に立てたかもしれませんのに……」

エルナンが唇を噛むと、

「いや」

王は首を横に振った。

「最初は私も、何かそういう類いのことかと思ったのだ。お前が神官の末裔《まつえい》として、何らかの力を有しているのではないかと。だが日々お前に接していると、そういうことでは……私を元に戻せるかもしれない、という意味ではなかったのかもしれない、と思い始めた」

どういうことだろう。

「私の身近にいるものは、私が半分だけの王であることを知っているものばかりだ。ただお前だけが——側近たちが極秘事項をお前に教えることを拒んだためだが——私を本物の王だと思い、王としての私に、心から仕えてくれた。私が弱みを見せたときも、口先で慰めを言うのではなく、黙って寄り添ってくれた。それがどれだけ嬉しかったことか」

かすかに微笑《ほほえ》む王の瞳に、何か優しい、温かなものが宿っていて、エルナンの心臓がどきんと脈打った。

自分はただ、自分にできることは精一杯王に仕えることだけだと思った。

それでも、実際に王の世話をする時間は短く、仕事そのものも楽で、申し訳ないくらいだと思っていた。

だが王は、エルナンの仕え方を「嬉しい」と思ってくれたのだ。

そして、エルナンはただ、相手が本物の王だと思い込んで無条件に仕えていたわけではない……それを、王に知ってほしい。

「陛下は……陛下です」

エルナンは思わずそう言っていた。

「陛下が、国や民のために、ご自分のことなど顧みずに尽くしていらっしゃるのを私は見ていました。そういう陛下を、私は尊敬申し上げるからこそ、陛下のお役に立ちたい、陛下のお側にいたいと、どんどん強く思うようになったのです。陛下こそ、戦で疲れた民を癒やしいたわってくださる、本物の王です……！」

「エルナン……！」

王の声がわずかに上擦り、その目の縁がわずかに赤くなった。

その瞬間エルナンは、自分と王が、これまでなかったほど近く、木の上で隣り合って座っていることに改めて気付いた。

王の真っ直ぐな黒髪は、肩から背中に流れてかすかに風に靡《なび》いている。

涼やかな目元、すっと通った鼻筋、そして引き締まった……しかし今はかすかな笑みを浮かべている唇の、なんと高貴で美しいことか。

そして、ただ美しいだけではなく、温かな血の通った、生身の人間の唇であるのだと……エルナンはふいに意識した。

その唇が……互いにわずかに身を寄せれば、触れ合うほどの位置にある。

ほんのわずか、身を乗り出せば——

そう思った瞬間、エルナンはぎくりとして身を竦《すく》ませた。

自分はいったい何を考えているのか……！

今目の前にいるのは、敬愛する王だ。

自分が本能的に身体を求めてしまう、ルファスではない。

しかも、想像もできないほどの苦悩を背負い、そしてまさに自分のせいで追われる身となっている、王だ。

それなのに自分は一瞬とはいえ、何を考えたのだろう。

と、王の眉がかすかに寄り――

エルナンを見つめていた視線が横に逸《そ》れる。

どうしよう。気まずい。

おかしなことを考えてしまったのを悟られたのだろうか。

エルナンはいたたまれなくなって、枝の上でわずかに王から身体を離すように座る位置をずらした。

そのとき、王が静かに尋ねた。

「お前は、どうして夜の私と……ルファス、か。彼と……？　彼はそれほどに、人間として、男として魅力的か？」

口調を変えずに淡々と王が尋ねた、その問いの意味をエルナンは一瞬捉えそこない――そして、かっと頬に血が上った。

そうだ……今朝。

二人とも裸で寝ていた……明らかに事後の状況だった。

そして王は、ルファスがエルナンに無理矢理無体を働いたのかどうか尋ね……エルナンは、自分も望んだ、と答えた。

だがそれは、エルナンがルファスと、心が通じ合って抱き合ったとか、そういう類いの話ではないのだ。

「あ……あのっ」

エルナンは慌てた。

どう説明すればいいのか。

「違うのです、そういうことではなく……っ」

人間としての魅力など知る暇もなかったし、今も「ルファス」を本当に知っているとは思えない、ただ、獰猛で野性的な、危険な男として知っているだけだ。

王の事情を知った今は、なおさら「戦時の王」である彼を王にしてはいけないのだ、ということもわかる。

ただ……ただ。

身体が勝手に、彼を求めたのだ。

戦の最中にさんざんいやな目に遭い、誰かと身体を重ねることなど自分は一生望まないだろうとすら思っていた。

それなのに、自分の身体が勝手に彼を欲したのだ。

そんなことを王に説明したら、いったい自分はどんな人間だと思われるだろう。

肉欲で生きているような人間だと、王に思われたくない。

それは自分が、理性というよりは「心」の部分で王に惹かれている、王を慕わしいと思っているからだ。

「わ……私は」

それでも、何か言わなくては、とにかく口を開こうとしたとき。

「し」

王の顔がさっと緊張を帯び、人差し指を唇に当てた。

エルナンもぎくりとして口をつぐみ、耳を澄ました。

足音……かすかな、下草や枯れ枝を踏み分ける足音が、こちらに来る。

一人……二人。

「本当にこの方角なのか」

誰かの声が聞こえた。

まだ遠い……しかし、足音は次第にこちらに近付いてくる。

「だからといって、いつまでもこのあたりでうろうろしてはいないだろう」

声とともに、二人の男が近付いてくるのが見えた。

城の衛兵の鎧をつけている。

王を守る白騎士でもなく、実際に戦に出る兵でもなく、王城の衛兵。

今朝、小屋を襲ってきたのもそうだった。

そして一人は、少し年も階級も上のようだ。

「で？　この森を突っ切るとどこに出るのだ？」

「西に向かえば、街道に出ると村のものが言っていました」

「土地勘がなくても突っ切れるのか？」

「さあ、それは……」

「この中で迷っていても不思議はない、ということか」

会話をしながら、二人はエルナンと王がいる木の真下まで来る。

「我々も、これ以上踏み込んだら迷うかもしれません」

「……全く」

年上の男が、吐き出すように言うのが聞こえた。

「これだけの人数では森の捜索などできぬ」

「なぜ、こんなに少人数なのですか？　そもそもこれは我々の仕事ですか？」

年下の衛兵が尋ねた。

「王城を守る衛兵の仕事ではないのでは？」

「偽の王がいて敵国の密偵とともに逃げている……などと、うかつに民に知られてはいかんのだ」

年上の兵が言う。

敵国の密偵とは自分のことだ、とエルナンにはわかった。

「それは……そうなのでしょうが」

年下の兵が声をひそめる。

「その話ですが……本当に、王は偽物なのですか？」

年上の兵は、森の中を伺うように周囲を見回し、ちらりと頭上にも目を向けたが、王とエルナンには気付かなかったようで、年下の兵に答える。

「お前を、信頼できる人間だと思うから打ち明ける。本物の陛下は、戦の際に亡くなっているのだ。

今の王は、国の混乱を招かぬよう、お偉方たちがそっくりな男を捜してきて王に仕立てたのだ」

「えっ⁉」

年下の兵が声をあげ、エルナンも思わず息を呑んで隣にいる王を見た。

王は身じろぎもせずに兵たちの声に耳を傾けている。

「そんな……」

「お前、今の王が本当に、我が国を勝利に導いたあの陛下と同じ人間だと思うか？」

「……実は、戦場での王と、ずいぶんと雰囲気はお変わりになったと常々思っていました……別人だと言われたら納得してしまいそうです」

「だろう？」

年上の兵が頷く。

「国も落ち着いて、もう偽王を立てておく必要はない。偽王には穏便に退いてもらい、正当な血筋の方に王位を譲るはずだったのに、偽王は自分がずっと王位にいたいという野望を抱きだしたのだ。だから偽王を廃し、その、正当な血筋を持つ方に王位に就いていただくのが正しい道なのだ。実は俺は、その方にお仕えしている。お前も、そうすべきだ」

「……その方、とは？」

年下の兵が尋ねると、年上の兵はさらに声をひそめた。

「ブラナ侯爵だ」

「それならば、わかります」

年下の兵が勢い込んで頷く。

「あの方は王の従兄として、正式な王位継承権をお持ちなのですよね」

「そういうことだ」

エルナンは、頭の中でがんがんと音が鳴り響いているように感じた。

なんということだろう。

ブラナ侯爵――近衛の白騎士隊長、最も王に近く、王の信頼を得ているはずの人物が、黒幕なのか。

そうだ。エルナンが秘密の廊下で盗み聞いた謎の会話……壁を伝わって声が少し変わってはいたが、あの片方の口調は、今にして思うとブラナ侯爵によく似ている。

彼が、王を廃し、自分が王位に就こうとしているのか。

彼が王を毒殺しようとしていて毒針やベラの毒を仕掛けたのだ。

それがうまくいかなかったので、偽王と毒殺犯が共謀していたという筋書きにでも変更したのだろうか。

「それは……謀反にはならないのですよね？」

年下の兵が、躊躇いながら尋ねている。

「もちろんだ。相手は王の偽物なのだから。今回の捜索には、ブラナ侯爵の信頼を得ている少人数の部隊だけが当たっている。その少人数は、ブラナ侯爵が即位した暁には、近衛の白騎士に加えてもらえることになっている」

「近衛の白騎士……！」

年下の兵の声が上擦る。

「しかし、白騎士になるには、それなりの家柄が必要なのでは……？」

「それは古い考え方だと侯爵は仰せだ。今の白騎士たちを見ろ、堕落した能なしばかりだ。ブラナ侯爵は、身分にかかわりなく、能力と忠誠心で白騎士を選んでくださるのだ。俺やお前だって、白騎士になれるのだ」

「そのような考えをお持ちとは……！」

今の声で、年下の兵が完全に籠絡されたのがエルナンにもわかった。

「だからこそ、偽王を一刻も早く捕えなくては。さあ、このあたりは捜索済みのしるしをつけて、さらに奥に行くぞ」

「はい！」

二人は近くの木に赤い紐を結んでから、また森の中に分け入っていった。

森の中は再び静まり返り……そして王も、無言で唇を噛みしめていた。

「……陛下」

エルナンが躊躇いながら王に声をかけると、王はゆっくりとエルナンを見た。

「ブラナ侯爵」

苦い口調で、その名前を口にする。

「たった一人の従兄だ。母方の従兄だがその母も王家の血を受けていて、正当な継承権がある。子どもの頃には彼によく可愛がってもらった。武勇に優れてもいる。ただ、私よりもかなり年上だから、私は……いずれ、彼の息子に王位を譲ろうと考えていたのだ。しかし……彼はこれよりも早く、自分が王位に就くことを望んでいたのだな」

エルナンは言葉もなく王を見つめた。

声にも瞳にも、苦悩が溢れている。

「だがそれも、私がこのような状態であれば仕方のないこと。正面から進言してくれれば、私も、国が落ち着くためにやるだけのことをやってから、病気で退位……ということを考えないでもなかったのに」

「いけません！」

エルナンは思わず言っていた。

「陛下は王にふさわしいお方、真実の王であらせられます！」

王は切なげに眉を寄せて、エルナンを見る。

「お前はそう言ってくれるのか」

「陛下が……平時の王として、どれだけ国に尽くしておいでか、私は見ておりました。それにブラナ侯爵にどれだけの理があったとしても、このやり方はいけません。毒殺とか陰謀とかこういうやり方は間違っています。それだけでも、ブラナ侯爵が王位にふさわしい方とは、私には到底思えません！」

正面から進言してくれれば、と王は言った。

ブラナ侯爵だって、本当にそれが正しいと思うならそうすべきだったのだ。

「間違った方法で王位に就こうとする人は、間違った方向に国を導くのではないですか？」

エルナンの言葉に、王ははっとした。

さっと頬に血が上り、改めてエルナンをまじまじと見る。

「……そうだ、お前の言う通りだ。間違ったやり方で王位に就いたものは、間違った方向に国を導く……それだけは、させてはいけない」

苦悩と哀《かな》しみに満ちていた王の瞳に、力が籠もったのがわかった。

「では今私がすべきことは、間違った王の誕生を防ぐことだ」

この方は、やはり王だ、とエルナンは思った。

戦しかできぬ王と、戦ができない王に分かれたとはいえ、やはり真実の王としての強さは持っている。

「私は、城に戻らねばならない」

王はきっぱりと言った。

「今私が王城を留守にすること自体が、王の地位の安定を脅かすことだ」

その通りだ、とエルナンは思った。

自分を逃がすためにルファスも一緒に王城から出てきたが、王その人は、こんなふうにエルナンを連れて逃げ回ることなど考えていなかったはずだ。

だが——危険もある。

黒幕の正体がわかったとはいえ、誰が同調者で誰が本当に信頼できるものなのかがわからなければ、王の身が危ないことには変わりない。

「私も――」

お供して戻ります、と言いかけたとき、王がエルナンを見た。

「だが、お前は今戻ればそれこそ命が危うい」

静かに、しかしかすかな躊躇いの籠もる口調で、王は言う。

「私が守ってやれればよいが、本当の敵味方がはっきりしない以上、私の意に反した事態が起きるかもしれぬ。お前はこのまま……どこかで隠れていられるか」

王と、離れる。

自身の身の危険もある王と、ここで別れる。

そう考えると、エルナンの胸が、ぎゅっと痛くなった。

自分は、ともに戻って王を守りたい。

だが自分ではあまりにも力がなく、逆に王の足手まといになるのはいやだ。

それでも……

王の傍にいたい、とエルナンは思った。

ただただ、この方の傍にいたい。

自分だけが安全圏に逃げるのはいやだ。

もしかすると事態の動きようによっては、王と二度と会えなくなるかもしれない。

ルファスとも。

そう思った瞬間、エルナンははっとした。

「陛下……ルファスは、陛下のお味方なのでしょうか」

戦しかできぬ、戦時の王。

彼はもしかすると……王権の不安定化、そしてそれが内乱に繋がることなどを、望んでいたりはしないだろうか。

「それなのだ」

王は唇を噛んだ。

「私には、夜の私が考えていることはわからぬ。私がただ王城に戻って、自分が真の王だと宣言し、謀反人を追放しようとしても……夜になって、夜の私がそれを覆せばどうにもならぬ」

その通りだ。

ルファスがこの事態をどう考えているのか、エルナンにもわからない。

ただエルナンを救い出すためだけに、脱獄を助け、ともに逃げたのだろうか。

それとも違う考え、企みがあるのだろうか。

だいたい、王が暗殺されればルファスだってともに命を失うのだ。

ルファスはそれを承知で行動しているのだろうか。

「エルナン」

王が、エルナンの肩に手を置いた。

「お前、夜の私の……ルファスの考えを、聞くことはできるか？」

エルナンは驚いて王を見た。

王の瞳は真剣だ。

「今すぐ王城には戻れぬ。ルファスの考えを知らぬままでは。夜を待ってルファスの考えを知り……明日の朝、それを私に教えてくれないか。やつの考え次第で、どう行動するのがよいか見えるかもしれぬ」

ルファスの考え……エルナンも、それを知りたい。

「これはお前だけに頼めることだ」

重ねて言われた言葉で、王がどれだけ自分を信頼してくれているかがわかり、胸が熱くなる。

自分だけ……王が信頼を寄せてくれ、そして昼の王と夜のルファスの両方を知っている自分だけが。

「仰せのとおりに」

エルナンは頷いた。

「ルファスの考えを聞き、そして陛下にお伝えします」

「ありがとう」

王が頷き、そして視線を合わせ――一瞬、王の瞳の中に何かが揺らめいたのがわかった。

何か抑えた、秘めた、切ない熱のようなものが。

思わずエルナンが身を震わせてしまうような、何かが。

しかし次の瞬間、王は視線を逸らし、木の下を見る。

「このまま夜までここにいるわけにもいかぬ。私が王城に戻り、お前がどこかに身を隠すにしても、その算段が必要だ」

もちろんそうだ。

エルナンの渇きや空腹は完全に癒えたわけではないし、王だって同様のはずだ。

「先ほどの話だと、私たちを追っている衛兵の数は多くはなさそうだ。あの赤い印を追っていけば、常に彼らの背後にいることになる。なんとかして水と食料、それから馬も手に入れられれば」

王はそう言って、先に木を降りはじめた。

日は中天にある。

王とエルナンは、衛兵の気配に気をつけながら、森の中を進みはじめた。

途中見つけた小川で水を飲み、木の実で空腹をしのぐ。

やがて森が途切れ、集落の気配がないことを確かめてから「私が」とエルナンが森の縁に出ると、馬の足音が聞こえ、エルナンはさっと木の陰に身を隠した。

やがて姿を現したのは、誰も乗っていない二頭の馬だった。

「お前たち……！」

エルナンは思わず声を上げた。

「どうした」

少し奥にいた王が尋ねる。

「私たちが……夜、白騎士から奪って逃げた馬たちが、こんなところに」

エルナンは説明する。

ルファスとともに城から乗って逃げた馬が、城に戻らずに彷徨《さまよ》っていたのだ。

「白騎士の馬か。ならば私の馬も同然だ」

王が微笑み、ゆっくりと馬に近付くと、馬は確かに王を主人と認めているようで、近寄ってきて頭を下げる。

「白騎士の装備ならば」

王は、馬の手綱を引いて馬の首を下げさせた。

馬には、近衛の白騎士ならではの飾りがいろいろとついている。

王は、二頭の馬の額飾りをはずしてエルナンに見せた。

「このようなもので食料などを調達できるか」

エルナンはそれを手に取った。

「銀ですね……！　それに美しい細工です。どこか町の市場で、換金できると思います」

「お前に危険が及ばぬようにやってくれるのなら助かる。まずは町を探そう」

王はひらりと馬に飛び乗り、エルナンももう一頭に跨がった。


追っ手を気にしながら人気のない草原を行き、やがてひとつの町が見えてくると、エルナンは王と馬を残して一人で町まで行った。

王は町中では目立ちすぎるとわかっていたからだ。

エルナンが着ているシャツやズボンは、ここ数日でかなりくたびれて汚れており、いい具合に町に溶け込むことができる。

銀の馬飾りは、飲み物や食べ物を調達し、王のために旅装に見える深いフードつきのマントを買ってもまだ余るほどの値で換金できた。

王が待つ場所へ戻り、そして遠くに見える森まで馬を飛ばし、森の中へ騎乗のまま分け入る。

幸いここまで、追っ手の気配はない。

やはり今のところ捜索はかなり少人数なのだろうと思うが、いつ増員されるかわからないので油断は禁物だ。

そして日暮れ前……王は「時間だ」と言うと、馬を下り、一本の木の根元に頽れるように座り込んだ。

エルナンが馬を繋いで近寄ったときには、王はもう深い眠りに落ちていた。

今朝と同じく、目を閉じて眠りの中にいる王は、王のようでもありルファスのようでもあり、どちらでもないような不思議な雰囲気だ。

顔立ちは同じでも、やはり目というものが人の魂を表わすのだろうか。

夕暮れの雰囲気の中で、王の姿は一足早い「闇色」をまとっているように見える。

あらためてエルナンは、その「闇」を思った。

王の髪や目の色、まとっている雰囲気は……静かな闇、白い闇といったらおかしいかもしれないが、黒は黒でも内側に光を包み込んだ黒、というように感じる。

それに対してルファスは、動的な、闇色が光となって外に溢れ出てくるような、闇色の光とでもいうような雰囲気だ。

正反対の黒、正反対の闇。

そして自分は、どちらの黒、どちらの闇にも惹かれているのだ。

今、王ともルファスともつかない一人の男の寝顔を見ながら、エルナンはそれをはっきりと自覚していた。

王に対しては、尊敬し、そして畏れ多くも「守りたい」という、いとおしさのような気持ちがある。

胸が詰まるようないとおしさは、これまで誰にも覚えたことがないものだ。

ただただこの人の側にいたい、と思う。

そしてルファスは……本能的に、身体が彼を求めた。

だがそれだけではない、と思い始めている。

身体の快楽だけで惹かれているなら、もっと後ろめたく、自分を責めるような気持ちになるのではないだろうか。

ルファスの魂が持つ猛々《たけだけ》しさ、強引さは、怖くもあり魅力的でもある。

そういう部分にも、自分は惹かれているのだ。

その自分の気持ちは認めなくてはいけない。

身体に引きずられるように、かもしれないが……ルファスにも、確かに惹かれている。

一人の男の、二つの面に。

では自分は、そのどちらにより強く惹かれているのだろう。

わからない。

惹かれている「量」ではなく「質」が違うのだ。

だが、その二人がもしも「一人」になったら……自分のこの想いはどうなるのだろう。

わからない、見当もつかない。

そもそも、そのときに、自分が惹かれているそれぞれの男は、存在するのだろうか。

それとも、全く新しい一人の男になるのだろうか。

あの日見た、行軍の先頭の、輝く王に。

あの王にエルナンは強く惹かれ、憧れた。

だがそれは、遠くから憧れる人として、だ。

いとおしさとか、本能的は欲求とは違うものだ。

だとしたらその人は、自分からは遠い人になってしまうのではないだろうか。

そのとき、自分の気持ちはどこへいってしまうのだろう。

考えても答えの出ないことをつらつらと考えつつ、無防備な王を傍らで見守りながら、エルナンが待っていると——

完全に日が落ち、月明かりだけが木々の葉の隙間から暗い森を照らす時間になったころ、王はゆっくりと目を開けた。

――いや、王ではない、ルファスだ。

その瞳に物騒な光が宿っているのですぐにわかる。

王の真っ直ぐな髪も、いつの間にかふさふさと波打っている。

「お前か」

ルファスはにやりと笑った。

エルナンはその声を聞いた瞬間に、鼓動が速まり、身体の芯がじわりと熱くなるように感じた。

身体がこんなふうに勝手に反応してしまう……そういう自分に、やはり戸惑いはある。

そんなエルナンの戸惑いには頓着せず、ルファスは言った。

「まだ捕まって城に連れ戻されてはいないようだな。何がどうなっている」

その瞳は、嘘やごまかしは許さない、と言っている。

王からは、ルファスの考えを聞き出すよう言われている。

そしてエルナン自身、今現在の王としては、ルファスではいけない、と思っている。

だが……自分ごときが不器用に策を弄しても、通じる相手ではない。

だったら、すべてを包み隠さず話すべきだ、と感じる。

今はその直感に従うしかないと思い、エルナンは急いでいきさつを説明した。

朝、衛兵に急襲されたこと、木の上で聞いた衛兵の会話。

ルファスは面白そうに瞳を輝かせて聞いていたが、衛兵の会話でブラナ侯爵の名前が出てきたところできらりと目を輝かせた。

「ブラナなら、俺に話を持ちかけてきたぞ」

「え……？」

エルナンは驚いてルファスを見た。

「どういう……？」

「俺に、王にならないか、と。この国が強く、近隣に侮られない国になるためには俺のほうがふさわしい、と」

エルナンが感じていた、王とルファスを入れ替えるという陰謀は本当にあった。

ただ、エルナンの想像と違ったのは、二人が双子ではなく、同じ身体に宿る二つの人格だったということだが。

「だが、俺は夜しか使い物にならぬ」

ルファスは鼻で笑って続ける。

「昼はどうするつもりかと尋ねたら、カルドには昼間は薬か何かで眠って貰い、重要な執務は夜に行うことにする、と。なあに、昼は昼で俺には知らせずに、やつが仕切って政策を進めて実権を握ろうという魂胆だったただろう」

そんな計画だったのか。

昼の王を薬で眠らせておけば……事実上、昼の王は存在しなくなる。

ぞわりと、エルナンの背筋に寒気が走る。

「ルファスは……どう答えたのですか」

「それで俺になんの得がある、と尋ねてやった。重要な執務とやらにも全く興味はない。実際に戦に出られるなら別だが、ただ近隣に侮られないために武勇に優れた王がいるという脅しになるだけなど、面白くもなんともない」

この人は本当に……ただ戦がしたいのだろうか、とエルナンは思った。

戦をしてもいい環境でなら、王になる。

そうではなくただの傀儡《かいらい》なら、王としての面倒な執務などしたくない、ということだ。

だがそれが逆に、今はこの国を救っている。

昼の王と夜のルファスが逆だったら、きっとこの国は戦を起こしていた。

昼の王が王であるからこそ、なんとか今の状態でいられるのだ。

だが……近隣の国が攻め入ってきたら、今の王では戦えない。

「そもそも、ブラナが俺に手の内をすべて明かしていないのも面白くない」

ルファスは続ける。

「俺に城内のことや、カルドの日常について報告してきていたのも、やつだ。ただどういうわけか、お前のことは俺に隠していた。ということは、他にも隠していることはいろいろある、ということだ」

だからルファスは、用心深く、ブラナ侯爵の誘いには乗らなかったのだ。

「ブラナのやつ、それで痺れを切らして、俺たちの毒殺に切り替えたのかもしれぬな」

ルファスの考えはおそらく当たっているのだろう。

「では……あなたはどうするつもりなのですか？　私を脱獄させ、一緒に城を出て……これからのことはどう考えているのですか」

「俺がお前を助けたのは、もう一度お前を抱きたかったからだと言っただろう」

ルファスはにやりと笑い、エルナンの顎《あご》を指で摘《つ》まんで上を向かせた。

「一見、ただ人形のように顔立ちが整っただけの、弱々しい男にしか見えぬのに……欲情したお前は大輪の花が開くように美しく、ばら色の光に包まれているように見えるのだ。知っているか」

エルナンはかっと赤くなった。

そんなことは知らない。エルナンを蹂躙した隣国の兵たちも「顔はきれいだが反応は人形だ」などと言っていて、たいてい一度で興味を失ったので助かっていたのだ。

だが……ルファスに抱かれる、ルファスに欲情する自分はそんなふうに見えるのか。

顎を摘まんだ指先からルファスの体温がじわりとエルナンの中に浸透していくように感じ、エルナンはぶるりと身を震わせた。

「そ……そうだとしても」

声が上擦る。

「昨夜、あなたは私を抱いた、それで目的は果たしたのでしょう。こ、このあとは」

「そうだな」

ルファスの瞳がきらりと物騒に光る。

「どこか地方で、挙兵する、というのもいいな。王城を佞臣《ねいしん》に乗っ取られた王が脱出し、謀反人征伐のために兵を募って都に攻め上るのだ。そしてブラナやうるさい側近どもをすべて追い出し、俺が王座に就き、西へ東へと領土を広げるための戦を起こす」

だめだ……そんなのは、だめだ。

この国を再び戦に巻き込むなどと。

しかし、このルファスの考えには大きな障害がある。

「夜の……あなたが戦を決めても、昼の王が阻むでしょう」

「そこなのだ」

ルファスは舌打ちをした。

「これまで俺がおとなしく幽霊じみた扱いに甘んじていたのも、昼になればカルドにすべて覆されるとわかっていたからなのだ」

ぐい、とルファスはエルナンに顔を近寄せると……

「お前が協力してくれればいい」

低く、唆すように囁《ささや》いた。

「昼のあいつを、薬か何かで眠らせてしまえばいいのだ。昼の間寝ていて、夜になると起きる王になるだけのことだ。そのために側仕えのお前が常に、やつの飲み物や食べ物に気を配り、眠り薬の量を調整してくれればいい。夜の俺にまで影響が及ばぬように、しかし中途半端に目覚めたりもしないように」

それが……ルファスの考えなのか。

エルナンを巻き込み、昼の王を眠らせて自分が王になることが。

「そ、そんなことは……っ」

「そうしたら」

ルファスの囁きに、物騒な熱が籠もる。

「俺はお前を常に側に置き、お前が望むときにいつでもお前に触れ、お前を抱き、お前を満足させてやろう。玉座の上でお前を膝に乗せ、マントの陰でお前を愛撫《あいぶ》することだってできる」

「あ……っ」

淫らな想像がまるで現実のように頭の中に焼き付き、エルナンは思わず声をあげた。

「行軍中に、お前を鞍《くら》の前に前に乗せ、片手で馬を操りながら片手でお前の身体をまさぐり、馬上でいかせてやることだってできる」

逸らすことができないルファスの瞳の中に、本当にそうやって悶《もだ》えている自分の姿が見えるようだ。

そんなことが、許されるはずがない。

そんな王に、臣下がついていくはずがない。

だがもし……許されるのなら？　臣下が付き従うのなら……？

自分は何もかも忘れて、ルファスの愛撫にだけ身を委ねていればいいのなら……？

（だめだ）

エルナンの頭の中で、もう一人のエルナンが言った。

（行軍とは？　戦に出かけることだ。自分がそんなふうにルファスに愛撫されている足元で、民が馬の脚に踏みにじられ、剣がふるわれて、人々が死んでいくのだ！）

わかっている。そんなことはわかっている。

ルファスが王になってはいけない。

王にふさわしいのは、エルナンが仕える昼の王だ。

そんなことはわかっているのに――身体はルファスを求めている。

心と身体が引き裂かれそうだ。

「エルナン、俺につけ」

ルファスが強い口調でそう命じ、

「は……」

はい、と答えそうになった自分を、もう一人の自分が渾身《こんしん》の力で引き留めた。

「だめ、です……！」

振り絞るように……悲鳴のような声をあげて、エルナンは叫んでいた。

その瞬間、自分の身体を縛っていた欲望の鎖が弾け飛んだように感じる。

エルナンは飛びすさるようにルファスから身体を離した。

「だめです、そんなことはできない……あなたに協力はできない、戦に加担するようなことは、絶対にできない……！」

身を震わせるエルナンをじっと見つめていたルファスの瞳に、面白がるような色が浮かんだ。

「ほう……意外に抵抗するのだな」

そう言って肩をすくめる。

「まあいい、とにかく今のお前は、昼も夜もこの身体の傍にいなくてはなるまい。昼の俺が城に戻りたいと言うのなら、夜の俺はできるだけ城から遠ざかることを選ぶまでだ」

ルファスはすっくと立ち上がった。

暗い森の中で、背後から月明かりを受けて、黒髪が銀色の光に縁取られている。

町で調達してきた粗布のマントを羽織っていてさえ、なんと美しいのだろう――と、こんな状況でも頭の隅でそう感じている自分がどうかしている、とエルナンは思う。

「乗れ」

有無を言わさぬ口調でそう言って、ルファスは二頭の馬を縦に繋ぐと、食料などを後ろの馬に積み、前の馬に飛び乗ってエルナンに向かって手を差し出した。

鞍の前に乗れというのだ。

先ほどのみだらな言葉を思い出しエルナンは一歩後ずさったが……

「乗らねば俺は勝手に行くぞ」

その言葉に、エルナンはぎょっとした。

勝手に行く……それは、王ともルファスとも離れてしまうということだ。

王に、ルファスの考えを伝えることができない。

そして、昼と夜に引き裂かれたままの王とルファスが、どこへ行き、どんな行動を取るのかもわからない。

それはだめだ。

慌ててルファスの手を摑むと、ルファスは軽々とエルナンを鞍の前に引き上げ、そして馬の腹を蹴った。

馬は二頭連なって軽やかに走り出す。

ルファスはエルナンの身体に悪さをしかけてくることもなく、ひたすらに西の方角へと向かって馬を駆けさせ……。

エルナンは、馬に揺られながら、次第に眠気が襲ってくるのを感じた。

王とルファスは、昼と夜で身体を分かち合い、日の出前と日没前の短い睡眠で足りているようだが、エルナンは昼も夜も起きていることはできないのだ。

それでも、眠らないようにしないと、と思いながらも何度かエルナンの頭はぐらりと眠気に負け……いつしか馬上で眠り込んでいた。


「おい」

身体を揺すられ、エルナンははっとして目を開けた。

一瞬自分がどこで何をしているのか理解できなかったが、馬上にいて、今は夜だとわかり、はっと置かれた状況を思い出した。

エルナンが眠っている間にずり落ちないようにだろう、ルファスの腕がしっかりとエルナンの胴を抱えている。

「ここ、は」

エルナンは月明かりの中で周囲を見回した。

いつの間にか、森のない、岩山が多い荒れ地に入ってきている。

「つけられている」

ルファスが短く言い、エルナンの目は完全に覚めた。

思わず耳を澄ませたが、エルナンには追っ手の気配はわからない。

「十頭以上の気配だ。追っ手を増員したのだろう」

ルファスは馬の脚を少し速めながら言った。

「そして、じきに夜明けだ。お前のように馬の上で眠り込んでしまうわけにはいかぬ。山の中で隠れる場所を探さねば」

そう言われてエルナンは慌てて周囲に目をこらした。

荒れ地の、灌木《かんぼく》が多い、低い山が連なる景色は、エルナンの故郷であるホスの村あたりでもよく見るものだ。

ずっと西に向かっていたなら、そろそろ故郷の地質に似た場所まで来ていても不思議はない。

「上っていけば、どこかに自然の洞窟があると思います」

岩がそういう性質なのか、長年の風雨に削られてできた洞窟があちこちにあるはずだ。

ルファスは片手で、後ろにもう一頭の馬を繋いでいた綱を解いた。

「お前、どこかへ行け。追っ手を二手に分けるのだ」

低く命じると、その言葉がわかったかのように荷を積んだ馬は暗がりの中を走り出す。

こういうところが……戦をする王なのだ、とエルナンは感じた。

王は手綱を持ち直し、岩がごろごろしている山を登りだした。

「洞窟……くそっ、どこだ」

月明かりだけを頼りに洞窟を探すルファスの口調に、焦りがあることにエルナンは気付いた。

自分がどれくらい眠っていたのかわからないが、もう夜明けが近い時間帯なのだ。

――夜明けが近いのだ。

このままだとルファスは馬上で眠り込んでしまう。

エルナンも必死に山肌に目をこらし――

「あそこに！」

微妙な陰影の中に、確かに洞窟の入り口があるのを見つけ、指さした。

ルファスは無言でエルナンを抱えたまま馬から飛び降り、馬の臀を叩くと、馬はどこかへ走り去る。

これでまた追っ手が分散してくれるといいのだが。

ルファスは無言で石がごろごろした斜面を登り、ようやく洞窟の入り口に辿り着いたが……奥まで進む余裕もないように、いきなり地面に膝をついた。

「ルファス……しっかりしてください、奥へ……っ」

エルナンはルファスの身体を引っ張ろうとしたが、がっしりとした彼の身体はエルナンの力ではなかなか動かない。

「くそ、この、忌々しい眠気……！」

ルファスは舌打ちし、エルナンを見た。

瞳が、力を失いつつある。

「いいか、お前だけが、頼りだ。俺を、殺させるな」

短く言葉を句切るようにそう言って、ルファスはゆっくりと目を閉じ、全身からぐったりと力が抜けた。

眠ってしまったのだ。

せめてもう少し奥へ、追っ手から隠せるようなところまで、とエルナンは焦りながらルファスの身体を引きずろうとした。

そこへ、斜面を登る馬の足音が聞こえてきた。

追っ手だ。

「確かこっちのほうだ」

「もう少し上ってみろ」

ひそめた声が伝わってくる。

「あそこはどうだ？」

洞窟の入り口を見つけたらしく、馬を下りた足音が近付いてきた。

「たいまつを」

言葉とともに、さっと火が点されて洞窟の前を照らし——

エルナンはとっさに、王の身体に覆い被《かぶ》さった。

「いたぞ！」

声とともに、さらに足音が駆け上がってくる。

「暗殺者だ！」

たいまつの明かりが眩《まぶ》しく、その背後に誰がいるのか見えない。

しかし……

「王もいるぞ、意識がないようだ」

「こやつ、ここで王を殺したのか！」

二番目の声はブラナ侯爵だとわかった。

衛兵だけではなく、陰謀を企んでいる張本人までが出向いてきたのだ。

「王はご無事です！」

エルナンは声を張り上げた。

「眠っておいでなのです！」

「どう思う？　ここで王が暗殺者に殺され、我々は亡骸《なきがら》を発見したのではないか？」

ブラナ侯爵が傍らの誰かに尋ねる声が聞こえる。

「そうとも……思えますな」

若干躊躇いながら答えた声は……ミエーラ伯のものだ。

「そうだとも。我々は呪いによって分裂した、王にふさわしくない王の亡骸を見つけ、暗殺者を始末し、そしてこの国の混乱は終わるのだ」

ブラナ侯爵の冷たい声に、エルナンはぞっとした。

彼らは、王が眠っているのをいいことに、このまま王を亡きものにし……下手人として自分の命を奪うつもりなのだ。

王は生きているのに。

エルナンの手には、確かに生きた、血の通った王の体温がわかるのに。

自分では王を守れない。

いや――守らなくてはいけない。

この国を、彼らに渡してはいけない。

ルファスは眠りに落ちる直前「俺を殺させるな」と言った。

それは、ルファスの身体と心であり……同時に、王の身体と心だ。

穏やかで思慮深く優しい、昼の王、カルド三世。

野性的で獰猛な目をした、危険な夜の王、ルファス。

どちらも、失いたくない。

エルナンの心と身体をそれぞれに惹きつけた、二つの心を。

そう、自分はその二つの心、両方に確かに惹かれている。

昼の王も、夜のルファスも、一人の人間の両面であり、その二つの面がエルナンを引き裂いている——けれどエルナンは、その二人に同等に惹かれている。

どちらも失ってはいけないのだ。

そのとき……

「見つかったのか！」

誰かの声とともに、さらに数人の足音が近付いてくるのが聞こえた。

追っ手が増えたのだ。

「日が昇るぞ、たいまつはもういい」

そういう声も。

たいまつの明かりが消される。

洞窟の入り口は真東に面していたのだろう、人々の背後に、朝日が輝くのが見える。

これまでに見たことがないほど、美しくまばゆい光。

その光を正面から顔に受けた瞬間——

エルナンの中で、何かが起こった。

王とルファスを——いや、明け方の今、そのどちらでもなくどちらでもある人を、守らなくてはいけない。

そして、そのための正しい道は……

この、朝日の中にある。

不思議な確信が湧き上がり、エルナンはすっくと立ち上がった。

衛兵がはっと息を呑んだのがわかる。

「ネルクラさま、そこにおいでですね」

エルナンの口から、言葉が零れ出た。

しっかりとした、自分でも驚くほどの確信に満ちた声。

ネルクラ侍従長がいるかどうかなど、エルナンにはわからなかったのに。

「私心なく誠実に王にお仕えしていたあなたならおわかりのはず。今ここで、無防備な陛下を弑《しい》し奉ることがどれだけの罪か。陛下がどれだけこの国のために尽くしておいでだったかを」

「黙れ！　おい、聞くな」

ブラナ侯爵が慌てて制したが……

「王は確かにまだ生きておいでなのだな」

そう言いながら、一人の男が足早に進み出た。

侍従長だ。

今着いた追っ手の中にいたのだ。

「どういう意味だ、王を弑し奉るとは？」

「この人たちは、王の亡骸を発見したと言い張るつもりなのです」

「黙れ！」

エルナンの声にブラナ侯爵が声を被せる。

侍従長は王に近寄り、膝をついて王の顔に掌を近寄せる。

「……息をしておいでだ」

侍従長はそれを確かめ、振り返った。

「ブラナ侯爵、どうも聞いていた話と違う。私はこのエルナンを当初から信用せず、目を光らせていましたが……彼には王を害する機会がいくらでもあったのに、今この瞬間にも王はご無事だ。あなたは確かに王位継承者だが、王が生きておいでである以上、今回の騒ぎについては正式な場で詮議することが必要では？」

「……やはり、ついてくると言うのを止めるべきだった。これはただの愚直者です」

ミエーラ伯が舌打ちすると、

「いや、だからこそここで……王の亡骸を取り返そうと争い、暗殺者の手にかかって死ぬ筋書きも成り立つ」

ブラナ侯爵が言い放つ。

「そういう筋書きか！」

侍従長が驚き、横たわる王の傍らに投げ出されてあった剣を手にした。

「やる気か」

ブラナ侯爵の嘲りに、

「騎士ではないが私とて王の臣下、命を賭してお守りすることくらいできる！」

侍従長が言い返す。

緊張がさっと走ったとき――

「悪はそこにある」

エルナンの口から、再び勝手に言葉が零れ出て、すっと手が上がり、その指が真っ直ぐにブラナ侯爵を指した。

「彼こそが反逆者、裏切りもの、正しい王に害をなすもの」

ブラナ侯爵以外の人々が、エルナンの声にはっと怯《ひる》んだのがわかる
――いや、これは自分の声ではない、とエルナンは思った。

さきほどから、自分ではない誰かが、自分の口を通して語っている。

「ここにいるものすべてが、この裏切りものに従うのか？　裏切りものがこの国を導けると本当に信じるのか？　己にもう一度聞いてみよ」

「これは……」

人々は顔を見合わせた。

「あのものを通して……誰かが語っているように見える」

「あのものが金色に輝いて見えるのは……私の目がどうかしているのか？」

「いや、俺にもそう見える」

「一体何が」

「馬鹿者！」

ブラナ侯爵が叱りつけた。

「芝居だ、惑わされるな！」

しかしその声にも動揺が見える。

エルナンは、足元に横たわる王を見た。

朝日が照らしだす、不思議なほど安らかな寝顔。

高貴で穏やかで美しく、同時に男らしく精悍《せいかん》な顔。

昼の王とルファスが同時に存在している——本来の、ただ一人の王の顔。

このまま自然に目覚めるのを待てば、また昼の王となるだろう。

しかし、今この瞬間に目覚めれば。

「正しき王に、正しき目覚めを」

エルナンは再び膝をついた。

何をすればいいのかが、わかる。

「王に——わが真心をお捧げ申し上げます」

エルナンは身を屈《かが》め、王の閉じた右の瞼《まぶた》に唇をつけた。

続いて左に。

敬愛を込めて。

そして次に、ゆっくりと唇の真ん中に。

熱情を込めて。

自分の中にある、思いのありったけを込めて。

ぴくりと、王の唇が動いたのがわかった。

エルナンが唇を離して身体を起こすと――

ゆっくりと。王の目が開いた。

一度だけ瞬きし、エルナンを見、そして王を守るように剣を構えている侍従長の背中を見てから、身体を起こす。

「おい、何をしている！　やってしまえ！」

ブラナ侯爵が声をあげたが、誰も一歩も動くことができず、王を見つめていた。

立ち上がった王の姿は……

エルナンが知っている昼の王よりも、一回り大きいように見える。

朝日を受けて全身が金色の光に包まれているようだ。

その艶《つや》やかな黒髪は、王の直毛でもなく、ルファスのうねるような巻き毛でもなく、ゆるやかに波打ってその背に流れている。

膝をついたまま王を見上げたエルナンには、わかった。

この方だ。

あの日、最後の行軍で、騎士や兵を率いていた、あの王だ。

全身から発する、高貴で力強い雰囲気。

昼の王の穏やかさは老成した落ち着きに、ルファスの獰猛さは圧倒的な威厳に変わって、王を包んでいる。

「私は誰だ！」

王が鋭く言った。

衛兵たちが息を呑み、顔を見合わせながら――

「陛下……」

震える声でそう言いながら、ゆっくりと、次々に膝を折る。

「何をしている！」

ブラナ侯爵が衛兵たちを見回した。

「これは偽の王だ！　半分だけの、腑抜《ふぬ》けの王だ！　お前たちは名誉ある白騎士になるのではないのか！」

「誰が白騎士であるかは、王たる私が決める」

王が一歩踏み出しながら言った。

ブラナ侯爵が、一歩下がりそうになるのを必死に堪えているように見える。

「汝《なんじ》、ブラナ。我が従兄にして白騎士隊長。そなたはたった今その任を解かれ、爵位を返上したものと見なす」

「な……何を……」

「ミエーラ伯」

王が、ブラナ侯爵に半ば隠れるようにしていたミエーラ伯に声をかけた。

「そなたがブラナに唆されたことはわかる。今ここでなお、ブラナに加担して己の身を滅ぼすか、あの、闇夜の決戦で私と並んだ瞬間を思い出して再び我が片腕となってくれるか、決めよ」

「陛下……本当の、陛下でいらっしゃいますね……！」

ミエーラ伯が声を震わせ……

そしていきなり、背後からブラナ侯爵を羽交い締めにした。

「離せ！」

もがいたブラナ侯爵の喉元に、剣を持って飛び出した侍従長が切っ先を突きつけ、衛兵たちも一斉にブラナ侯爵に剣を向ける。

「殺すな、傷つけるな」

王は厳しく言った。

「そのものは裁きを受けねばならぬ。自害も許すな」

衛兵たちは皆、我に返ったようにきびきびとブラナ侯爵を拘束し、武器を取り上げ、猿ぐつわを噛ませる。

「陛下……」

ミエーラ伯と侍従長が、王の前に膝をついた。

「お帰りなされませ、我が王よ」

侍従長が涙声でそう言い、王はゆったりと微笑んだ。

「ネルクラ。私が、ブラナの言う『半分だけの腑抜けの王』であった間も、お前は変わらぬ忠誠を示してくれてた。私はよい側近を持った」

ただ穏やかで優しいだけではない、力強さの籠もった声音。

「ありがたきお言葉……！」

侍従長は深く頭を下げる。

「そして」

王が、はじめてエルナンを振り向いた。

それは、昼の王の優しい視線でも、ルファスの獰猛な欲望を秘めた瞳でもなく、はじめて見るような不思議な光を帯びた、王者の目だった。

「そなたはまさしく神託のものであった。そなたが私を救ってくれたのだ」

王が静かにそう言ったが……自分に何が起きたのか、エルナンにはまだよくわからない。

いったい何が自分を動かしたのか。

何かに突き動かされ、眠る王に口付けた……それでどうして王が再びひとつになったのかも、わかっていない。

ただひとつわかるのは、自分は本物の王を取り戻し――そして、あの優しい昼の王と、あの危険で魅力的なルファスを同時に失った、ということだ。

そう思った瞬間、エルナンは自分の全身からさあっと血が引いたように感じ――

ぐったりと頽れるエルナンの身体を、王の腕が支えた。


目を開けると、エルナンはベッドに横たわっていた。

静かで温かく、心地よい部屋……どこだろう。

身じろぎすると、誰かがエルナンの顔を覗き込んだ。

「目覚めたか」

優しい、ほっとした顔は——

「じいさま！」

祖父だ。

故郷の村にいるはずの人がどうして……いや、いったいここはどこなのだろう。

「顔色はいい。起きられるか？」

祖父に促され、エルナンはゆっくりと身体を起こし、部屋を見回した。

ここは王城の中だ。

石壁や窓の様子からそれはわかるが……知らない部屋でもある。

タペストリーや飾り棚などの調度品から、少なくとも自分のような身分、立場の人間が使うような場所ではない、という気がするだけだ。

「じいさま……どうして？」

何よりもまずそれが尋きたくて、エルナンは祖父を見た。

祖父は、何か液体の入った椀《わん》をエルナンに差し出した。

「まずはこれを。お前は七日間も眠っていたのだ。その間に私が、王から召し出されて王城までやってきたのだよ」

祖父はそう言いながら、椀を支えてエルナンに飲ませる。

あっさりした、しかし滋味豊かな風味のスープだ。

渇きと空腹がにわかにエルナンを襲い、スープを飲み干すと、祖父は椀を引き取った。

「少し時間をおいて、もう一杯やろう」

祖父はそう言って傍らの台に椀を置き、ベッドの横の椅子に座る。

「まずは、お前を褒めなければ。お前はこの国と王を救ったのだよ」

ようやく頭が働き出し、エルナンは意識を失う前のことを思い出した。

そう……王は、ただ一人の王となったのだ。

だが。

「私は……何をしたのでしょう」

エルナンにはそれがわからない。

自分ではないものが、自分の声で話し、自分に行動させたかのような……だが操られていたという感じではなく、自分の中の何かに動かされていたような、不思議な感覚だった。

「お前は預言されたものだったのだ」

祖父はゆっくりと言った。

「お前が生まれたとき、私は不思議な声を聞いたのだ。この赤子は、いつの日かただ一度だけ、二つのものをひとつにして、正しいものを正しい場所に導くだろう、と」

二つのものをひとつに。

それは……まさしく王の身に起きたことだが……

「私が、そんな……？」

「あのときには、私自身なんのことだかわからず、不思議な声がどこから来たのかもわからなかった。神官の家系とはいえ、一介の呪い師である私に、神の声が聞こえたことなどそれまでなかったし、その後もなかったからな」

祖父はそう言って、優しくエルナンの手を取って握る。

「だからそのことは、ずっとお前にも言わずに秘めていた。お前が王城に召されたときも、もしかしたらあの言葉に関わることなのかもしれないと思ったが、私の中の何かが、お前にそれを告げることを止めたのだ」

そうだったのか。

「でも……どうして私が、そんな」

「なぜお前がそのように生まれたのかは、誰にもわからぬ」

祖父は静かに言った。

「人と神の距離が今よりも近かった頃には、こういう不思議ももっと起きていたのかもしれぬな」

王は、ザナン神官の言葉でエルナンを探し出し、召し出した。

ザナン神官に起きたのも、同じようなことだったのだろうか。

「では、私を動かしたのは、神だったのでしょうか」

「それすら、今の世の我々には知るべくもないことだ……ただ、お前はそのように生まれ、そのように成した、それがわかるだけのこと」

祖父の言葉が、すうっと胸に入ってくる。

自分は誰かに選ばれ、そのように生まれ、そのように成した。

王の瞼と唇に、口付けた。

理由は自分でもわからないままに。

そして王は再び、たった一人の正しい王となった。

つまり、自分の役割は終わったのだ。

あとは――出番を終えた役者のように、舞台から引っ込むだけだ。

ここで、王の傍らでなすべきことはもうない。

優しく穏やかな王の側仕えとしての日々も。

猛々しいルファスに抱かれる夜も。

もう二度とないのだ。

そう考えた瞬間、エルナンの胸は、恐ろしいほどのむなしさと寂しさでいっぱいになった。

では自分はどうすればいいのだろう。

これから、どこで何をして、どうやって生きていけばいいのだろう。

視界が滲み、涙が零《こぼ》れそうになる。

「エルナン……？」

祖父が訝《いぶか》しげにエルナンを呼んだとき、扉が外からノックされた。

「どうぞ」

祖父が答えると扉が開き、医師とネルクラ侍従長が姿を現す。

「目覚めたようですな、その頃合いだと思っておりました」

医師が、ベッドの上に起き上がっているエルナンに近寄ると、額に手を当て、それから手を取って脈を見た。

「ふむ、大丈夫そうだ。スープは？」

医師の問いに、

「今、一杯だけ」

祖父が答える。

「では、胃が受け付けそうならもう一杯」

医師の指示で祖父が再びスープの入った椀を差し出し、エルナンは機械的にそれを飲み干した。

「起きられそうならば、ゆっくりでいいから支度を」

侍従長がそう言って扉の外を振り向き、下働きが入ってきて、抱えていた籠をベッドの傍らに置いて下がる。

「支度ができたら、王の御許《みもと》へ」

侍従長の言葉にエルナンははっとした。

王のお召しなのだ。

きっと……役割を果たしたことと、これまで仕えたことの礼を言われ、何か褒美でも賜って……そして終わるのだろう。

「その前に」

侍従長は、エルナンに向かって言った。

「私は最初、そなたを疑っていた。怪しいものを王のお側に近付けたくなかった。自然、態度も冷たくなっていたが……お前は、私の忠誠を知って、あのとき呼びかけてくれた。お前が真に、ザナン神官の言葉にあったものだとわかった今、お前に詫《わ》びを言う」

そう言って深々と頭を下げる。

「そんな」

エルナンは慌てた。

侍従長は確かに、そっけなく厳しかったが、それは決して理不尽なものではなかった。

そして、あの洞窟で侍従長に呼びかけたのも、何かが自分を通して語りかけたのであり、自分自身の言葉ではないので詫びなどと言われると却《かえ》って申し訳ない。

「王は執務室でお待ちだが、急がぬとの仰せだ」

侍従長はそう言って、部屋を出て行く。

執務室……謁見のホールでもなく、王の私室でもなく。

これは何を意味するのだろう。

とにかく、いよいよ、王に会うのだ。

統合された、正しきたった一人の――エルナンが知らない王に。

「着替えます」

エルナンはベッドから出た。

大丈夫、二杯のスープが身体に力をくれ、立ち上がっても問題はない。

用意されていた服は、白騎士見習いの制服ではない、白いチュニックだ。

金糸の刺繍《ししゅう》が控え目に入っていて、まるで貴族の若さまが着るような上等なものだが、王城でのなんらかの身分を表わす制服のようなものではない。

高い襟を、かつての昼の王のようにきちんと喉元まで閉め、クリーム色の帯を閉め、革の短靴を履く。

眠っている間に誰かが身体も髪も清めてくれていたらしく、金の細絹の髪は軽くくしけずっただけでさらりと流れ、髪紐がなかったのでそれを背に流しておしまいだ。

「お前は……やはり美しいのう」

支度を手伝ってくれた祖父が、感嘆して言った。

「お前の母も美しかったが、どこかにかよわさがあった。だがお前は、線は細いがしっかりとした芯を持っている。それが王城に上がってからさらにはっきりしたようだ。その美しさは神から授かったもの、お前自身が否定しないことだよ」

祖父はもちろん、戦の間エルナンがどんな目に遭ったか知っていて、辛《つら》さを共有してくれた。だからエルナンが自分の「美しさ」とやらを好んでいないことも知っている。

だがこの容姿を「神から授かった」と改めて言われると、それもまた意味のあるものなのだろうか、という気もしてくる。

「では、行ってきます」

「うむ」

祖父は頷いて、指でエルナンの額に祝福のしるしを与えてくれ、エルナンは部屋を出た。

衛兵が二人、扉の外にいて、恭しく頭を下げてエルナンの前に立つ。

ブラナ侯爵の手下だった衛兵では、もちろん、ない。

そして、年のいきすぎた王の側仕えとしてのエルナンを侮っていた衛兵でもない。

何か城の中で、大規模な配置換えが行われたのだろうか。

側近中の側近である白騎士隊長が謀反を企てていたのだから、それは当然だ。

エルナンが寝かせられていた部屋は王の私室がある一角だったらしく、ほどなく見覚えのある廊下に出て、王の執務室に辿り着く。

衛兵がノックした。

「エルナン殿をお連れいたしました」

「入れ」

王の、落ち着いた声が聞こえた。

衛兵が扉を開けてエルナンを通し、外から扉を閉める。

そしてそこには――

王が、立っていた。

執務室のどっしりとした机の傍らに。

銀糸に刺繍がほどこされた黒いチュニックは相変わらず喉元まできちんと締まっていて禁欲的な雰囲気は変わらない。

しかし、その黒い髪は艶やかで軽く波打ったまま背に流れている。

きっちりと頸の後ろでまとめた直毛でもなく、強い癖毛でもない。

額には銀の略王冠。

背筋を伸ばした立ち姿には、決然とした、どこか近寄りがたい雰囲気がある。

そして王の身体全体を、目には見えない不思議な輝きが包んでいる。

自然と膝を折りたくなる、真実の王としての威厳と輝き。

「陛下」

エルナンは深く跪《ひざまず》き、頭を下げた。

そのまま、王が言葉をかけてくれるのを待っていると――

「エルナン、それでは顔が見えぬ」

王は近寄ってきて、エルナンの前に片膝をついた。

自分の前に王が膝をつくなど……と、エルナンが慌てて顔を上げると。

目が、合った。

穏やかさと優しさ、そして力強さが共存する瞳。

その目をわずかに細めると、余裕のあるゆったりとした笑みになる。

昼の王のものとも、夜のルファスのものとも違う笑み。

それでいて、エルナンの胸をじんわりと熱くさせる笑み。

自分はこの人を知らないのに知っている、と感じる。

「私はそんなに違うか？」

王が苦笑して、エルナンの目を見つめる。

「お前が知っている私と、この私はそんなにも違って見えるのか？」

静かだがどこか切なげな声に、エルナンははっとした。

「昼はお前の細やかさと静かさに癒やされ、お前だけに弱みを見せることができたし……夜はお前の身体の熱さに我を忘れ、ほんのひとときとはいえ、何もかもを打ち壊してしまいたい衝動をやわげることができた。お前はどちらの私をも知っているのに、今の私を見知らぬもののように見るのか……？」

心臓がばくん、と跳ねた。

この人は、昼の王と夜のルファス、両方の記憶を持ち、それがこの人の中で矛盾なくひとつになっている。

そして、二人が知っていたエルナンを、どちらも覚えている。

穏やかで誠実な王を心から尊敬し、傍にいたいと思った自分と……本能的にどうしようもなくルファスに惹かれてしまった両方の自分を。

それは——何を意味するのだろう。

「エルナン」

優しく、それでいて熱を秘めた囁き。

「お前は私を……引き裂かれていた私を救ってくれたのだ、あの口付けで」

王の手がエルナンの頬を包み、エルナンの両瞼と、エルナンの唇に、順番に口付けた。

まさにあのときに、何かに突き動かされるようにエルナンがした、その通りに。

「あ……」

その瞬間、エルナンの胸のあたりを塞いでいた大きな塊のようなものがどろりと溶けたような気がした。

この人の中に——二人がいる。

王もルファスも、この人の中にいる。

自分は、王が統合されて二人を失ったのだと思った。

だがそうではなく、二人ともここにいる。

エルナンの理性は昼の王を穏やかに慕い、エルナンの本能は激しくルファスに惹かれた。

二つに引き裂かれそうだったエルナンの想いが、ゆっくりとひとつになっていく。

ここにいるのは、理性と本能の両方でエルナンを虜にした、一人の男なのだ。

エルナンの顔に浮かんだ驚きと理解を認め、王は微笑んだ。

「お前は、昼の私と夜の私を、同等の重さで愛してくれた。ザナンの預言にあったのは、まさにそういう一人の人間……お前という人間の出現だったのだ」

同等の重さで愛する、という言葉にエルナンの胸が震える。

そうだ、まさに今自分の中にある、頭と身体がひとつになって一人の人を慕う、この想いはまさしく……この方への「愛」なのだ。

「それは同時に、引き裂かれた私がそれぞれのやり方で愛する相手、ということでもあったのだと、今の私にはわかる」

王は続け、再び顔を近寄せる。

「だから今度は、ただ一人の私として、お前にこの口付けを」

再び、唇が重なった。

熱く、少しばかり荒っぽく、しかし優しい口付け。

ただただ激しかったルファスのものとは違う……でも同じ感触の唇の、胸が詰まるような想いが伝わる口付け。

熱い舌がエルナンの唇を割って忍び入り、口腔を探り、舌を絡める。

甘い唾液が混ざり合う。

悪戯《いたずら》するように引いていく舌をエルナンの舌が追い、唇と唇の間で絡み、そして再び押し入られる。

気が付くとエルナンは王の肩に腕を回し、王の唇と舌を貪っていた。

身体の芯が熱くなり、それがあっという間に全身の皮膚に広がる。

「んっ……っ」

思わず上がった甘い声に、耳が熱くなる。

と、王が唇を離し、囁いた。

「……お前と、まずはいろいろと話をしなくてはと思い、執務室に呼んだのだが……話はあとでもいいか……？」

甘やかに唆すような言葉が何を意味するのか、もちろんエルナンにはわかる。

まだ日没前なのに、王が自分を求めてくれている。

それがまさしく、昼と夜の王が統合した証《あかし》でもある。

そしてエルナンも、この身体の熱を冷まさなくては落ち着いて話などできそうにない。

「私、も……」

声の上擦りをなんとか抑えようとしながらエルナンが言うと、王がにっと微笑み——

そしてさっと立ち上がるとエルナンの膝裏を掬って抱き上げ、私室に通じる秘密の通路の扉を開けた。

「ちゃんとしたベッドでお前を抱くのははじめてだな」

寝室のベッドの上に降ろされ、エルナンは急に恥ずかしくなった。

礼拝堂の床の上とか、粗末な小屋のろくな寝具もないベッドとか、そんなところで抱き合っていたことを、「この」王はちゃんと記憶している。

そして、エルナン自身、本能的な欲望に襲われて我を忘れていたときと違い、まだ理性が仕事をしているぶん、これまでとは違う気恥ずかしさがあるのだ。

それに……

「い、いいのでしょうか、私ごときが……その、陛下のベッドで……」

王と側仕え——その身分がまだ継続しているのかどうかもわからないが、継続していないとしたらなおさら、自分は「何者でもない」身で、畏れ多くも王のベッドの上にいる。

「お前ごときが？」

王が苦笑してエルナンに覆い被さってきた。

目を細めてエルナンを見つめる。

「一国の王の呪いを解いて救ったお前が？　一国の王を夢中にさせているお前が？　一国の王が、その控え目で美しい心と情熱的な身体を昼も夜も忘れられなくなっている相手であるお前が？　王のベッドに横たわる資格がないと？　では誰にその資格がある？」

聞いているうちにエルナンの頬は熱くなってくる。

こんなふうにわざとエルナンの羞恥《しゅうち》を煽るようなことを言いつつ、その口調は甘く優しい。

王は人差し指でエルナンの唇に触れた。

「さあ、もうここからは、甘い声以外は聞きたくない」

そう言って、エルナンに口付ける。

「んっ……っ」

すでに高まりかけていた欲望にたちまち火がつくほどの深く甘い口付け。

王の唇と舌に翻弄されている間に、王の手は器用にエルナンが着ているものを脱がせていく。

襟高のチュニックも、その下のシャツも、ズボンも、下着も。

「こうやって明るいところで見ると、お前の本当の美しさがよくわかる」

王はため息をつくように言って、エルナンの首筋に、鎖骨に、そして胸に唇を移動させていく。

「ふっ……あっ……っ」

尖《とが》らせた舌先で乳首をつつかれ、エルナンは思わず声をあげた。

「もう固くなっている」

王は乳首を唇で含み、もう片方を指で捏《こ》ねた。

それだけでエルナンの下腹に、痛いほどに血が集まってくる。

王の手が脇腹を、背中を、何度も味わうように往復し、触れられた場所の皮膚にもどんどん熱が溜《た》まっていく。

悦《い》い、何もかもが――悦い。

エルナンは王の背に手を回し、王がまだ服を着ていて肌に直接触れないことがもどかしく、闇雲に布を引っ張った。

「まあ待て」

王が笑って上体を起こし、チュニックの喉元を片手で乱暴に緩めた。

シャツの襟紐も解き、チュニックと一緒に脱ぎ捨てる。

その美しい上体に、エルナンは思わず見蕩《みと》れた。

均整の取れた、流れるような筋肉に覆われた身体。

あちこちに白く残る古い傷跡は、その美しさをさらに引き立てているようだ。

ひとつだけ腕に残る赤い傷は、エルナンを庇ってくれたときのもの。

王はそのまま、ズボンも素早く脱ぎ去ってベッドの下に落とし、膝でエルナンの腿《もも》のあたりを跨いだ。

その股間から隆々とそびえ立っているものに、エルナンは思わず、ごくりと唾を飲んだ。

王の欲望。

王の熱。

これからこの身体に征服されるのだ、と思うだけで上り詰めそうになる。

「お前のほうが先にはち切れそうだ」

王はそう言って、同じように勃《た》ち上がっているエルナンのものに自分の欲望を押し付け、その大きな手で一緒に握りこんだ。

「あ――」

王の熱を直接感じた瞬間、エルナンはのけぞった。

王が数度、二人のものを扱き上げただけで、エルナンはたまらなくなった。

腿がぶるぶると震える。

「あ、あ、あっ……っ……っ」

あっけなく達したエルナンのものを塗りつけるようにさらに二、三度扱いてから、王はエルナンの片膝を胸のほうに折り曲げさせて肩に担ぎ、エルナンの奥に触れた。

「ふっ……う……っ」

窄《すぼ》まりにぬるりとしたものが触れ、エルナンはびくりとした。

王の指が……エルナンが放ったものをまとって、潜り込もうとしている。

そしてエルナンのそこも、拒むことなくむしろひくつきながらその指を受け入れ、内壁が蠢《うごめ》きながら奥へと誘おうとしている。

「狭いのに……中はもうこんなにも蕩《とろ》けて熱い」

王はそう言って、その長い指を抜き差ししながら奥へ奥へと押し込んでくる。

その目は、エルナンの顔を見つめている。

視線が合い、エルナンは上気した頬がさらに熱くなるのを覚えた。

「あ……あ、あっ」

王は視線と指の両方でエルナンを犯している。

身体と頭の両方で、エルナンは王を感じている。

指の本数が増え、「慣らす」というよりは指で感じさせるような動きで内壁を探り、広げ、擦《こす》る動きに、エルナンはたまらなくなって腰を捩《よじ》った。

確かな快感……だが、もっと欲しいものがある。

「も……っ、くださ……っ」

ねだるような声に応じるように、指が引き抜かれる。

「私ももう限界だ」

王はそう言って、潤んだ目で王を見ているエルナンに見せつけるように、自分のものを一度扱き――

エルナンの両膝を折り曲げて胸のほうに押し付けると、蕩けた窄まりにぴたりと切っ先を押し当てた。

「あ……」

指とは違う熱さ。

期待に疼くエルナンのそこに、王はぐっと腰を進める。

「あ、あ……っ……っ」

熱いものが、張り出した部分で強く内壁を擦りながら、ぐぐっとエルナンの中に入ってくる。

エルナンの後頭部で白い光が弾けた。

全身にぶわっと汗が吹き出す。

「またいったか」

王の言葉の意味も、もうよくわからない。

ただ、この熱でもっともっと自分を蕩かしてほしい。

王の手が、エルナンの腰を抱え直し——

「あ——」

容赦ない抽送がはじまった。

一突きごとに、奥へ奥へと押し入ってくる、熱の塊。

エルナンが感じる部分を知っているやり方は、間違いなく、ルファスなのに……ただ荒っぽいだけではない。

エルナンの腿や腹を撫でる手つきは、いとおしげで優しくもある。

王の、優しさ。

そうだ……今自分を抱き、穿っているのは、自分が心と身体の両方で惹かれた、ただ一人の男なのだとエルナンは思った。

身体が二つの人格に引き裂かれていた王と、心が二つに引き裂かれていた自分が、今、ひとつになっている。

王が身体を倒し、胸と胸が触れ合い、そして唇が重なる。

幸福感と快感がエルナンを襲い、飲み込んでいく。

悦い。

嬉しい。

二つの感情が溶けあってエルナンの全身を満たしていく。

「エルナン……っ」

掠れた声で王が呼び、その声音の中にエルナンと同じ幸福感と快感を感じ取って、エルナンは泣きそうになった。

「あ……っ、あ、あ、あっ……も、もうっ……っ」

エルナンは溺れるもののように、王の肩にしがみついてその身体を引き寄せた。

王の、闇色の髪と、エルナンの細絹の金の髪が絡まり合う。

「……くっ……っ」

エルナンの中で王のものが痙攣し、熱いものを吐き出すのがわかり――

同時にエルナンも、王の腕の中で身をのけぞらせて達していた。


目を開けると、部屋はもう夜の闇の中に沈んでいた。

隣を手で探ったが、王の身体はない。

エルナンが半身を起こすと、王は窓辺に立っていた。

丈の長い、軽い夜着をマントのように身体に巻き付け、腕組みをして、窓のへりに軽く寄りかかって外を見ている。

窓から差し込む月の光を受けて、王の身体全体が銀色の光をまとっているように見える。

美しく高貴で、同時に静かな野性味を秘めた姿。

すべてを吸い込む闇でもなく、奥に物騒なものを秘めた闇でもない、闇そのものに君臨し、闇に浮かび上がっているようだ。

エルナンが身を起こしたのに気付いてか、王がエルナンのほうを見て微笑む。

そこにいるのは、まさしく、あの戦の最後の行軍を率いていた、エルナンが一目で惹かれた、あの王の姿だった。

あのときから自分はこの方の虜《とりこ》になっていたのだ、とエルナンは思う。

エルナンもそっとベッドから辷り出て窓辺に歩むと、王は夜着を広げてエルナンを抱き寄せ、そのまま背後から抱きくるんだ。

「陛下は……陛下なのですね」

エルナンがそっと言うと、背後で王が苦笑したのがわかった。

「この状態で『陛下』は妙だな。今の私は、お前の王ではなく、お前の男だ」

お前の男、という言い方がなんだか気恥ずかしく、そして嬉しい。

「では……なんと？」

「ルファスと呼ぶのは、以前の……半分の私を呼ぶようでいやか？」

王が尋ね、エルナンは首を傾《かし》げた。

「そもそも、ルファスというお名前は、どなたのものなのでしょう」

「それも私の名だ」

王が答える。

「私のもともとの名は『カルド・ルファス』で、即位後はカルド三世を名乗ることが決まっていたからカルド王子と呼ばれていた。ルファスは母や乳母《うば》など、ごく近しいものだけが使う名だった。夜の私がお前にルファスと名乗ったのは、何かそういう……王としてではなく一人の男としての名を、お前に告げたかったのだという気がする」

王としてのカルド……そして一人の男としてのルファス。

それはエルナンの中で、しっくりと納得できる説明だった。

「では、今はルファス、と」

「うむ、こうして二人でいるときは」

二人でいるときはルファス……他に人がいる場合は陛下、それでいいのだろう。

だがそもそも……

「私はこれからも、あなたの……陛下とルファスのお側にいてもいいのでしょうか」

「いてもらわねば困る」

王は即答したが、エルナンは躊躇った。

「でも……私の側仕えとしての立場は、不自然なものなのでは……？」

「側仕えではない」

王は夜着の中でエルナンの身体をくるりと回し、向かい合った。

「私はお前に、私のただ一人の白騎士として側にいてほしいのだ」

白騎士……ただ一人の……どういう意味だろう？

「私はそもそも、騎士ですらありません」

「お前は騎士だ」

王はエルナンをじっと見つめた。

月明かりの中で王の瞳は、あの獰猛な金色ではなく、身体を包む光と同じように銀色を帯びて見える。

「私の傍らで、馬に乗り、剣を取り、私を守ってくれた……それを王の騎士と呼ばずに誰を騎士と言う？」

それでも王は、エルナンを騎士と呼んでくれる——王の騎士、と。

騎士階級の生まれでもない平民だ。

乗馬も剣も、自己流だ。

「畏れ多いことです」

エルナンは戸惑ってそう言った。

「でも……ただ一人の、というのは」

「近衛の白騎士隊というものは、いったん解散だ」

王はあっさりと言った。

「白騎士とは呼ばぬ、精鋭の近衛隊として再編成する」

エルナンは驚いて王を見た。

「解散……？」

王は頷く。

「ブラナはひとつだけ、正しいことを私に気付かせてくれた。白騎士が堕落した存在になっていると……世襲であるべきではない、と。それは確かだ。だから新しい近衛は階級によらず、ふさわしいものを選抜する。そして白騎士は」

王はゆっくりと続ける。

「そもそも白騎士というのは、建国の王であるカルド聖王の傍らで剣を取り、カルド聖王が誰よりも信頼し、背中を預けることができた、ただ一人の騎士を指していたのだ。その後、近衛の組織にその呼び名が移ったが、私はそれを、もとの意味に戻したい」

王が誰よりも信頼し、背中を預けることができた、ただ一人の騎士。

白騎士とは、そういう存在のことだったのか。

「私ごときが……そんな」

「ごとき、という言葉をお前が使うのは、禁じなければいけないな」

王は人差し指で軽くエルナンの頬をつついた。

「お前は本当にわかっていないのか？　お前は私にかけられた呪いを解いただけではない、引き裂かれていた間も、両方の私を救ってくれていたのだ。王の執務に要求される果断さを持たず悩む私に忠実に二心なく仕えてくれ、理性的になれずにただただ野生の獣のように夜の世界を彷徨うしかなかった私の欲望を受け止め、鎮めてくれていたことで、両方の私が救われていたのだ」

本当にそうなのだろうか。

だとしたら……これからも、そうありたい。

「ルファス……そして、陛下」

エルナンは王の顔を見上げ、その瞳に自分が映っているのを見ながら、言った。

「でしたら私は仰せのままに……白騎士として、そしてただのエルナンとして、ずっとお側においてください」

「ありがとう」

王は静かにそう言って、エルナンを抱き締めた。

欲望の静まった、ただただ優しく温かな抱擁は、これまで知らなかったものだ。

こんなに幸福感でいっぱいになる抱擁は。

やがて王はゆっくりと腕を緩めて、エルナンの顎をそっと摘まんで仰向かせると——

「私の、エルナン」

誓いのように厳かにそう呼んで、そして唇を重ねてきた。


「ここに、ホスのエルナンを白騎士に任ずる」

謁見の間で、玉座の前に跪くエルナンの左右の肩に、王はそう言って剣を振り下ろした。

そしてその剣の向きを変え、柄を右に、エルナンの前に差し出す。

エルナンは両手でその剣を受け取り、鞘《さや》の真ん中に額をつけて言った。

「命ある限り、陛下ただ一人にお仕えいたします」

「立つがよい」

王がそう言って、立ち上がったエルナンに、玉座の横の位置を示す。

「これからはただ一人、お前だけがここに立つ権利を持つ」

最初にエルナンが王に謁見したとき、この場所に立っていた側近は、今思うとブラナ侯爵だった。

王が信頼して側に立たせていた男が、王をあやめようとしていたのだ……それは他の側近たちにとっても衝撃的なことだった。

ブラナ侯爵は、エルナンの意識がない七日間の間に、正式な裁判を経て死を賜っていた。

王が手ずから与えた毒の杯をあおるという、一応は王族としての名誉ある死だ。

呪いにかかっている間の「昼の王」だったら、謀反人とはいえ近しい親族を死に至らしめるまでの果断さはなかったかもしれない。

そして王は、ブラナ侯爵の息子である十代の少年には、累が及ばないようにもした。

以前から王が、王位継承者として考えていた利発な少年は、父親の間違いを受け止め、王に心から尽くす覚悟を見せている。

いずれもう少し国が落ち着き、ブラナ侯爵の反逆の記憶も薄れた頃合いに、正式に立太子という運びになることだろう。

そして王の「王妃の座」は、周辺の国々に縁組みを期待させておくために敢えて空位としておく、ということになっている。

だが、王が王妃も側室も置くつもりはなく……その私室にはエルナンというただ一人の白騎士が控えていることは、わずかな側近たちだけに知られている。

居並ぶ人々の末席に、祖父の姿が見え、エルナンと目が合うと頷いた。

祖父はエルナンの「白騎士」就任を見届け、村に帰ることになっている。

これまでと同じく、市井の呪い師として村人のために尽くすのだ。

「それでは皆さま、一階のホールへ」

儀典係が声を張り上げた。

このあとは、市民にも城を開いた宴会が開かれることになっている。

王は最初だけ臨席し、あとは無礼講という趣向だ。

戦が終わってからもこういう華やかなことは王の意向で控えられていたが、これでようやく国の雰囲気が明るくなるひとつのきっかけとして企画されたもので、人々にも歓迎されている。

「では、行こうか」

王がエルナンを振り向き、エルナンは頭を下げて王に従って玉座を降り、人々が作る列の中を歩んでいく。

そのあとには……王と二人きりになり、王を「ルファス」と呼ぶ時間が来ることはもうわかっていて、エルナンはそれを待ちきれないように感じていた。

あとがき

このたびは「闇色の王は白騎士の接吻で目覚める」をお手にとっていただき、ありがとうございます。

なんと、ちょっと贅沢な気持ちになれる大きめの本です。

ここ何年かずっと文庫のお仕事が続いておりましたので、四六判というサイズは特別感があってどきどきしております。

内容は、正統派どファンタジー……に近付けてみたかったもの（笑）？　という感じでしょうか。

今回、蓮川愛先生にイラストをお願いできるということで、担当さまと「どんな話にしましょうか」というところから、ここはぜひヨーロッパ中世風ファンタジーの素敵な攻めさまを蓮川先生の絵で見てみたい……！　と意見が一致。

馬とか剣とか鎧とか城とか神託とか……好きなものを詰め込んでみました。

そして、何かビジュアルに特徴のある攻めにしたいと考え、「二つの顔を持つ」という発想から、こんな感じになりました。

攻めの姿が二通りある……というのは、蓮川先生にはご面倒をおかけしたと思いますが、とても贅沢で、読者さま方にも喜んでいただけるのではないかと思います。

蓮川先生、本当にありがとうございました。

実はですね、年をまたいで、個人的にプチ蓮川先生祭りとなっております……！

年末にこの本が出て、年明けには二見書房シャレード文庫さまより、蓮川先生イラストの本を出していただく予定になっております。

二冊分のイラストが押し寄せていて、幸せな年末となっております。

よろしかったらそちらの本も探してみてくださいね。


さて、今年一年は、ちょっとお仕事量が減っておりました。

両親が年齢的にあれこれ大変になってきてばたばたしているのですが、X等で同じ思いをしていらっしゃる同業の方を拝見して、皆さま大変な思いをしながら頑張っていらっしゃるのだと思い、励まされております。

そしてお仕事が私にとっては気晴らしにもなり励みにもなっていると、改めて感じました。

ですので来年は、今年よりは頑張れるといいなと思っております。

しかもなんと、来年は私、数え間違いでなければ、デビューから二十五年になるようなのです……！

デビュー当時はこんなに長く続けられるとは思ってもいませんでした。

それも、読み続けてくださる読者の皆さまがいらっしゃったからこそ、と思っております。

まだまだ書きたいものもありますし、もう少し頑張ろうと思っておりますので、これからもよろしくお願いいたします。

そして改めて、いつも楽しく電話で脱線してくださる（笑）担当さま、今回もありがとうございました。

皆さまよいお年を、そしてまた次の本でお目にかかれますように。

夢乃咲実

初出
闇色の王は白騎士の接吻で目覚める……書き下ろし

闇色の王は白騎士の接吻で目覚める

2024年12月31日　第1刷発行

著者　夢乃咲実《ゆめのさくみ》

発行人　石原正康

発行元　株式会社　幻冬舎コミックス
〒151-0051　東京都渋谷区千駄ヶ谷4-9-7
電話　03（5411）6431（編集）

発売元　株式会社　幻冬舎
〒151-0051　東京都渋谷区千駄ヶ谷4-9-7
電話　03（5411）6222（営業）
振替00120-8-767643

印刷・製本所　中央精版印刷株式会社

検印廃止

ISBN978-4-344-85531-1　C0093　Printed in Japan

幻冬舎コミックスホームページ　https://www.gentosha-comics.net